SoulmateUB

Zeph 3:17

"당신은 당신이라는 이유.

그 하나만으로 특별 합니다."

내가 얼마나 만만해 보였으면

지은이 전대진
펴낸이 임상진
펴낸곳 (주)넥서스

초판 1쇄 발행 2020년 5월 29일
초판 11쇄 발행 2022년 8월 22일

출판신고 1992년 4월 3일 제311-2002-2호
10880 경기도 파주시 지목로 5 (신촌동)
Tel (02)330-5500 Fax (02)330-5555

ISBN 979-11-6165-995-4 03810

www.nexusbook.com

내가 얼마나 만만해 보였으면

좋은 사람이
되려다
쉬운 사람이
되었다

넥서스BOOKS

프롤로그

이런 생각한 적 있으시죠?

'잘해주면 고마워해야지, 왜 만만하게 볼까?'
'요즘 세상에는 착하게 살면 이용당한다'
'똥이 무서워서 피하나, 더러워서 피하지…'

사람의 감정 중 가장 참기 힘든 두 가지가 있다고 합니다.
그중 하나는 '억울함'입니다. 그리고

'잘해줘도 소용없다'
'해줘도 소용없다'
'줘도 소용없다'

나 자신을 지치게 만들고
상대방도 힘들게 만드는 '서운함'이 있습니다.

저는 지난 5년간 쉬지 않고 온라인과 오프라인을 통해
천여 명의 고민을 들어줬습니다.
다양한 직업, 연령, 남녀노소를 가리지 않고 사람들의
고민에 귀 기울이는 과정에서 발견한 게 있습니다.

'하늘 아래 문제없는 사람이 없고
사연 없고, 상처 없는 사람이 없다.

사람 사는 건 결국은 다 똑같다.
다 힘들다. 사는 건 원래 힘든 거다.'

사람이라면 누구나 겪게 되는 이 두 감정.
하지만 이를 마음껏 표현하기는 어려운 세상.

답답할 때 마시면 속이 시원하게 뻥 뚫리는
'사이다'가 우리의 인생에도 꼭 필요하다고
여겨졌습니다.
이 책이 당신에게 '사이다'가 되면 좋겠습니다.

지난 3년간 꾸준하게 사랑받아온
《내가 얼마나 만만해 보였으면》이 새 단장을 했습니다.
이 책의 표지를 처음 봤을 때
아마 웃는 분들이 많았을 겁니다. 저도 그랬으니까요.
그런데 사실, 그동안 이 책을 읽은 분 중에는
눈물을 흘리는 분들이 많았습니다. 왜냐면…
'사람'을 닮았거든요.

속이 새까맣게 타들어가도, 억지로 웃어야 하고
내 감정을 다 드러낼 수 없는 현실을 살아가니까요.

이 책이 그런 당신의 마음을 대변해주고
있는 그대로의 당신을 응원해주는 친구가
되면 좋겠습니다. 막혔던 속이 뻥 뚫리듯
당신의 내일도 뻥 뚫리길 항상 응원합니다.

차례

프롤로그

Part.1

말은 누가 못 해? 013

다 내 마음 같지가 않다
초심이 중요하다
초심·중심·진심 그중에 제일은 중심
더 이상 말을 믿지 마라
말은 쉽지
작은 욕심, 불행의 시작
감사함이 간사함으로 바뀔 때
한결같은 것도 능력
감사합니다, 감사 압니다
사랑의 유효 기간
겉 공감 주의
앞뒤가 다른 그 사람
믿는 도끼에 발등 찍히지
그럼에도 불구하고
억지로 할 필요 없다
관계 거리 두기
사람은 믿음의 대상이 아니다
사람이 의리가 있어야지
내 말이 뻥튀기가 되어 돌아올 때
먼저 믿을 만한 행동을 해야지
사람 환장하겠네

거울 같은 게 사람 마음
너 나 본 적이나 있어?
약속

Part.2

잘해줬더니 이제는 이용하네? 039

내가 만만해?
왜 자꾸 사람을 이용할까?
누굴 호구로 아나?
왜 잘해준 사람이 잘못이지?
항상 잘해주는 사람은 매력 없다?
편한 사람 vs 쉬운 사람
급할 때만 찾는 사람
풍요 속 빈곤
100+1=100, 100-1=0
나 혼자 쇼하지 말자
지나친 친절은 오히려 독
나만 포기하면 끝인 관계
좋아하는 사람, 좋은 사람
진짜 내 사람
당신의 존재
선 통보, 후 이해
진짜 대접해줘야 할 사람
나부터
명품

'당신'이라는 명품을 만든 명장
역지사지, 나 좀 살지
나는 소중한 사람
단번에 떨어져 나가는 사람
이기적인 나, 이 기적인 나
비교는 하지 말아요

Part.3

시간이 없다고? 마음이 없는 거겠지 069

정말 모르는 건지 모른 척하는 건지
사람의 마음을 알 수 있는 방법
이용당하고 싶진 않았다
보이지 않아 멀어질 마음이었으면
연락과 사랑의 상관관계
우리 사이의 거리
바빠서 멀어질 마음이었으면
내겐 네가 전부, 네겐 내가 일부
왜 항상 한쪽이 클 수밖에 없을까
계속 만나자니 내가 죽겠고
같은 말, 다른 타이밍
쌓인 정에 속지 말자
로맨티스트이거나 바보이거나
로맨티스트, 망상주의자
주는 사람의 상처가 더 크다
현대판 노예 계약
옵션이 되지 말고 메인이 되라
돼지에게 진주를 주지 마라
당연한 게 어디 있어?

같은 시작, 다른 결말
사랑에 대한 예의
익숙함과 소중함의 관계
침묵은 금이 아니다
좋은 영향력
표현하지 않는 사랑
사랑한다면서 방치한다는 건
익숙함의 이유
말을 믿지 말고, 삶을 믿어라
그 사람에게 모든 걸 걸지 마라
동반자 vs 조련자
진짜 사랑은
내가 듣고 싶었던 건
이별을 부르는 3종 세트
아무것도 아닌 걸로 싸워요
필요한 말 vs 듣고 싶은 말
당신에겐 브레이크가 있나요?
상처에 대한 벌금
단거리 달리기 선수
사랑을 아는 사람? 하는 사람?
사람 사랑 삶
한 사람한테도 똑바로 못하면서
무슨 부귀영화를 누리겠다고
사랑에 '밀당'은 없다
그때 나한테 왜 그랬어?
그래도 내 자존심이었으니까
아깝다 아까워
달라서 끌렸다며?
내가 싫다

Part.4

물어본 적 없는데? 127

착한 사람과 호구는 다르다
잘해주면 호구 된다?
권리와 책임은 세트
무엇이 바뀌었나
언제 너한테 선생 되어 달래?
제아무리 좋은 것이라도
정답 알려 달라고 한 적 없는데?
당연한 게 당연한 게 아니다
힘들다고 했더니 "힘내"라고?
자기가 잘못하고 누굴 원망해?
네가 나한테 해준 게 뭐냐?
제일 불쌍한 사람
나이가 많다는 것
너무 큰 바람일까
말 좀 잘 듣자
말 = 부메랑
하나라도 제대로 알고 열을 알자
머리는 폼으로 달고 있는 게 아니다
제발 생각 좀 하고 말했으면
기승전… 결국 자기 자랑
밉상
인생을 바꾸는 힘
세상에 존재하는 보물
이런 남자, 이런 여자를 만나라?
사람들은 남의 인생에 관심 없다

Part.5

믿음 가는 말이 필요해 157

믿으며 가는 길
오늘이 없다면 다 의미 없다
사람이 가장 외로운 때
후회, 자신에 대한 예의
고진감래는 없다
정이란 게 참 무섭다
특별한 일, 특별한 날
사람은 누구나
사람 사는 게 다 거기서 거기
나도 날 아직 잘 모르겠는데
남 탓, 내 탓, 둘 다 NO
깎아내리기 바쁜 너랑 나
더 이상 구걸하지 말자
기대
사랑을 잘하는 방법
비교할 걸 비교해야지
더 이상 지도를 찾지 말자
나만의 길
이상한 사람
꼴도 보기 싫은 사람
세상의 빛
귀한 나를 위해
좋아하는 사람
더 사랑해줘야 할 사람
나에게

좋은 일, 좋은 나
더 이상 힘 빼지 마요
입만 살았네
관계
어차피 떠날 사람
노답
나한테서 신경 꺼주세요
하기 싫으면 싫다고 해
부탁은 말 그대로 부탁
참고만 하세요
구분 좀 합시다
친한 것, 개념이 없는 건 달라
다 잡으면 안 돼
요구하는 최선, 할 수 있는 최선
열등감, 자존감의 출처

Part.6

굳이 안 해도 된다 207

"안 괜찮아"라고 말할 수 있는 용기
덜 소중한 걸 포기할 수 있는 용기
나비도 비올 땐 쉰다
태양도 밤은 달에게 양보한다
결말이 꼭 겨울일 필요는 없다
일과 일상 사이에서
잘살고 있는 사람
일 중독자, 일 벌레, 일 노예
일만 하느라 자신을 잃지 말 것
자기 비난 버리기

자기 연민 버리기
젊어서 하는 고생, 굳이 안 사도 된다
부끄러워할 걸 부끄러워해야지
제일은 아니어도 유일하니까
나이만 먹었을까
약함을 자랑하라

사이다 파트 225

진짜 사과받을 사람은 따로 있다
말만 잘하지 말고, 말도 잘하는 사람이 되길
나에게 관심이 없으면 답도 없다
있는 거나 잘하자
인생 승리
해봤어?
생각부터 바꾸기
자기가 하는 일에 가슴이 뛰지 않을 때
혼신의 힘을 다하는 게 먼저
무책임한 말은 달콤해
나를 움직이게 만드는 일
자기 분수
진짜 행동
아무것도 하기 싫다면

Part.1

말은 누가 못 해?

0	0	1

다 내 마음 같지가 않다

예상치 못한 것에는 감동하고
기대한 것에는 오히려 실망하고
내 마음 같지가 않다. 모든 게….

사람 사는 게 참 신기하다.
기대했던 사람에게는 외면당하고
전혀 뜻밖의 사람에게 위로받을 때
고맙기도 한데, 이게 맞나 싶기도 하고….

초심이 중요하다

초심이 가장 중요하다.

연인 사이든, 부부 사이든, 친구 사이든

한때는 너무 좋았던 그 초심을

잊으면 안 되는 거다.

알았을 때와 나중에 알아버렸을 때는 다르다.

서로 같은 마음인 줄 알았는데

서로가 너무 다르다는 걸 알아버린 후에는

이젠 그를 어떻게 대해야 할까.

초심·중심·진심 그중에 제일은 중심

초심, 중심, 진심.
그중 제일은 중심이다.
견고한 중심이 없는 초심·진심은
결국 지켜지지 않는다.

누구나 처음은 뜨겁다.
누구나 그 순간에는 진심이었다.
그런데 시간이 지날수록
처음의 결심은 점점 희미해지고
꿈 앞에서, 사랑 앞에서
순수했던 처음 그 순간의
초심과 진심은 온데간데없이 사라진다.
그들 대부분은 자기 삶에 대한 확고한
목적이나 꿈, 주관, 중심이 없거나 흐릿했다.
견고한 중심이 없는 초심과 진심은 결국
어린 시절 모두가 대통령이 되겠다고 했던 꿈과 같더라.

더 이상 말을 믿지 마라

'처음' 시작할 때는, 누구나 뜨겁다.
누구나 그 순간에는 '진심'이었다.
뜨거움과 순간은 결국 지나간다.
불확실한 '감정'에 기대지 말고
그의 '말'을 믿지 말고, 그의 충실한 '삶'을 봐라.

말은 쉽지

너는 늘 내게 소중하다고 말은 했지만
너의 행동은 늘 나를 호구로 만들었다.
그래서 나는 이제 말을 안 믿게 되었다.
말이야 누구든지 할 수 있거든….

작은 욕심, 불행의 시작

작은 불씨가 큰 산을 태우고, 작은 물방울이
큰 바위를 쪼개듯 '작은 욕심'이 모든 걸 깨더라.
내 눈에 작고 사소해 보인다고 중요하지 않은 게 아니다.
순수한 열정과 초심이 깨지는 건 한순간인 듯하지만
사실, 욕심이 생긴 순간부터 예정된 결말이었다.
작은 욕심이 커지면 나도, 상대도 죽인다.

사람이란 게 그렇더라.
꿈을 꾸든 사랑을 하든
순수한 마음으로 시작하고
그 자체로 감사했는데
어느 순간 욕심이 끼어들지 모른다.

감사함이 간사함으로 바뀔 때

사람의 마음이란 게 참 간사하다. 자기가 힘들 땐
어디든 털어놓고 싶어 찾아오고, 막상 도와주고 나면
울며불며 감사하다고 하더니 금세 잊어버린다.
이제 좀 살 만하다 싶으면 차갑게 돌변한다.
'감사함'이 '간사함'으로 바뀔 때
사람을 더 이상 믿지 못하게 된다.

늘 한결같을 순 없을까.
왜 항상 잊어버리는 걸까.
서운하고 슬펐던 기억은
그렇게도 잘 나는데…
좋았던 기억, 감사함은
왜 항상 쉽게 잊어버리는 걸까.

한결같은 것도 능력

'한결같다'라는 건
'감사함을 잃어버리지 않는 능력'이다.
'감사'가'권리'로 바뀌는 순간,
그 사랑은 내리막길로 들어선 것이다.

감사합니다, 감사 압니다

한때는

Give & Take 마인드가 정말 계산적이고

정도 없고, 삭막하게 느껴진 적이 있었다.

그런데 'Give & Give' 하는 사람은 계속 줘야 하고

'Take & Take' 하는 사람은 계속 받기만 하더라.

받기만 하고, 고마워할 줄 모르는 도둑놈이 될 바엔

내가 받은 것에 감사하고 성의를 표할 줄도 아는

건강한 Give & Take가 낫다는 걸 배웠다.

사랑의 유효 기간

사랑에도

유효 기간이 있다.

받는 사랑은

이미 받은 걸 잃어버리지 않고

감사함을 잊어버리지 않을 때 빛난다.

주는 사랑은

내가 베푼 모든 걸 잊어버리고

줄 수 있는 게 있음에 감사할 때 빛난다.

'감사'가 사라지는 순간, 그 사랑은 끝난다.

겉 공감 주의

'겉 공감'에 주의하자. 겉으로 보기에는
내 마음을 다 이해해주는 사람 같아서
고마운 마음에 속 얘기를 다 털어놓으면
오히려 그 사람들이 늘 뒤에서 말이 많았다.

여태껏 겉과 속이 다르고
나중에 뒤통수친 사람들을 보면
나와 가장 가깝고, 힘이 되어주던 사람이었다.
그때마다 사람이 무섭다는 생각.

이래서 사람들이 어딘가 맘 놓고 털어놓을 곳이 없나 보다.

앞뒤가 다른 그 사람

뒤에서는 내게 칼을 갈면서
앞에서는 내게 손을 건네는 모습.
뒤에선 씹고, 앞에선 웃는 너인데…
내가 널 어떻게 대해야 하는 거니?

앞과 뒤가 다른 모습은
아무리 많이 겪어도 적응이 안 된다.

믿는 도끼에 발등 찍히지

배고픈 사람이 "배고프다"라고 했는데
"왜?"라는 질문이 돌아오면 어이가 없듯이,
자기가 불안하게 만들어 놓고선
"왜 날 못 믿냐"라고 하는 것도 마찬가지.
믿는 도끼에 하도 발등이 찍혀서 이제는
내 발이 어디로 갔나 싶다.

그럼에도 불구하고

내가 잘못되었을 때
방관자들은 "그러거나 말거나."
친한 친구는 "그럴 수도 있지."
가짜 내 편은 "그럴 줄 알았다."
진짜 내 편은 "그럴 리가 없다."
나를 진정 사랑하는 사람은
"그럼에도 불구하고."

파트너는 돈을 나누고
친구는 슬픔을 나눈다.
파트너는 내가 잘나갈 때 찾아오지만
친구는 상황에 관계없이 머물러 있다.

억지로 할 필요 없다

억지로 착하게 살려고 하지도 말고,
일부러 못되게 살려 하지도 말아요.
그렇게 아등바등 애써도 결국에는
남을 사람만 남고, 그들은 나의 모습
그대로를 보고 남은 사람들일 테니까요.

관계 거리 두기

무조건 믿어야 하는 것도 아니고
의심부터 하라는 것도 아니지만
사람 사이에 어느 정도는
적당한 거리가 필요하단 걸 알았다.

너무 쉬우면 무시하고
너무 어려우면 곁에 아무도 없다.
따뜻한 마음을 지니고 있으면서도
상대가 나를 함부로 할 수 없는
지혜로운 사람이 되어야 한다.
정말 어려운 일이지만 꼭 필요하다.

사람은 믿음의 대상이 아니다

사람을 사랑하세요.
하지만, 믿진 마세요.
사람은 '사랑'의 대상이지
'믿음'의 대상은 아니더라고요.

사랑한다고 믿지 말고
사랑하니까 믿어야 한다.

사람이 의리가 있어야지

사람은 무엇보다도 의리가 있어야 한다.
남자든 여자든, 사람 관계에서
믿음이 없으면 사랑도, 우정도 없다.
믿음 없는 관계는 모래 위에 지은 집이다.

믿음, 소망, 사랑 그중 제일은 '사랑'이지만
순서로는 '믿음'이 먼저다.
믿음은 모든 관계의 기초니까.
믿음이 없다는 건 언제 무너질지 모르는
부실 공사와 같다.

사랑의 씨앗은 반드시
믿음이란 땅 위에 심어야 한다.

내 말이 뻥튀기가 되어 돌아올 때

나는 어렵게 꺼낸 말인데
내 말이 제3자의 입에서 내 귀로
흘러 들어올 때의 기분은 참 더럽다.
남의 입을 거쳐온 내용은 늘 부풀려져 있다.

먼저 믿을 만한 행동을 해야지

믿을 만한 행동을 해야
믿음이 생기는 것이지.
강요한다고 해서
갑자기 생길 리가 있나.

믿음에는 두 가지 영역이 있다.
첫째, 내가 상대를 믿어줄 영역이 있는 거고
둘째, 상대가 내게 신뢰감을 줄 영역이 있다.
믿을 만한 구석 없이, 한쪽에게 일방적으로
헌신과 희생, 신뢰, 배려를 강요하면 그건 날강도지.

믿음이란 건 상대에게 요구하는 게 아니라
그가 나를 믿게끔 내가 행동으로 보이는 것이다.
그러니 평소에 잘하라고 하는 거다.

사람 환장하겠네

분명히 서로 같은 내용을 듣고
같이 얘기했는데 자기가
듣고 싶은 대로 듣고, 듣고 싶은 것만
듣는 사람들이 있다. 나중에 가서
지 혼자 딴소리할 때, 사람 환장한다.

거울 같은 게 사람 마음

사람의 마음은
마치 '거울'과 같아서
내가 기대하는 방향과는
정반대로 움직인다.

너 나 본 적이나 있어?

자기가 직접 그 사람과 만난 적도 없고
얘기 한 번 해본 적도 없으면서 남의 말만 듣고
그 사람에 대해 함부로 떠들면 안 된다.
항상 입장 바꿔 생각해봐야 한다.

나랑 얘기도 안 해본 사람이 나에 대해 함부로 떠들고
나에 대한 헛소문이 떠돌다가 내 귀에 들려오면
어처구니가 없어서 헛웃음만 나올 때가 있다.
좋은 말이든 나쁜 말이든 말이란 건 그렇게 돌고 돈다.
남의 일이라고 함부로 말하면 안 된다.
이왕이면 긍정적인 말을 해주자.
나 자신에게 그리고 상대에게 긍정적인 말을 해주자.
그러면 그 말은 더 큰 열매가 되어 돌아와
내게 더 큰 행복을 가져다줄 것이다.

약속

지킬 수 없는 약속은
처음부터 아예 하지를 말 것.

어쩔 수 없는 상황에
못 지키면 진심으로 사과할 것.

만일, 약속을 깨뜨린 사람이
사과도 없거나 말뿐인 경우.

그다지 대수롭지 않게 여기고
미안하지도 않아 보이는 경우.

그 관계는 당장 그만둘 것.

약속을 대하는 태도를 보면
그 사람의 됨됨이가 보인다.

Part.2

잘해줬더니
이제는 이용하네?

내가 만만해?

"내가 얼마나 만만해 보였으면
나한테 이럴 수 있을까…"라는 생각.
어릴 땐 착한 게 좋은 건 줄 알았는데
다 커서는 마냥 좋은 게 아니라는 생각.

왜 자꾸 사람을 이용할까?

상대방 입장을 생각해서
호의를 베풀었더니 이제는
그걸 이용한다는 생각이 든다.
요즘 사람들이 이기적으로 변한 건
다 이유가 있는 것 같다.

사람들이 이기적으로 변한 걸
단지 그들만의 탓이라고 할 수 있을까?
모든 일에는 다 이유가 있는 거다.
오죽했으면 그랬을까.

누굴 호구로 아나?

착각하지 말길 바란다.
가만히 있는 것이 '결코'
모르거나 착해서가 아니다.
똑같은 사람이 되기 싫어서
한 번 더 참을 뿐이다.

괴물을 이기려고 나까지
똑같은 괴물이 될 필요는 없다.

왜 잘해준 사람이 잘못이지?

잘해주면 고마워서 더 잘해야 하는데
어째서 만만하게 생각할까?
그 사람이 원래 그런 사람이라 그런 걸까.
아니면 내가 정말로 만만한 사람인 걸까.

만만해 보이는 사람이 되긴 싫고
그렇다고 고마움도 모르는
적반하장의 사람이 되고 싶지도 않다.

항상 잘해주는 사람은 매력 없다?

항상 잘해주는 사람이
매력이 없는 게 아니라
감사할 줄 모르는 네가
문제라는 걸 왜 모를까?

"잘해줘도 난리야?"
앞뒤가 바뀐 거지.
잘못돼도 한참 잘못된 거지.

편한 사람 vs 쉬운 사람

'편한 사람'이 되어 주되,
'쉬운 사람'은 되지 말자.
대하기 조금 어려울 순 있어도
또다시 만나 보고 싶은 사람이 되자.

급할 때만 찾는 사람

매사에 똑소리 나고, 남한테 퍼주는 걸
좋아하는 사람들은 외로울 때가 많다.
'언제나' 나를 찾는 사람은 거의 없고
'급할 때' 나를 찾는 사람은 득실하거든.

자기 급할 때만 날 찾아와서 도와 달라고 하면
솔직히 미운 마음도 들지만 도와준다.
그런데 "고맙다"란 인사는 안 하고 일이 잘 풀리면
자기가 잘나서 잘된 줄 안다.
고맙다는 말 듣자고, 뭘 바라고 도와준 건 아니지만
그래도 사람이 도움을 받았으면
인사 한마디 정도 하는 건
도와준 사람에 대한 최소한의 도리가 아닌가?

고맙다는 말은 안 하고 만약 문제 생기면
책임 전가하려고 따지는 연락은 잘 온다.

이래서 정 많은 사람은 참 피곤하다.

실컷 잘해주고

고생은 고생대로 하고

욕은 욕대로 먹으니까 말이다.

풍요 속 빈곤

자기들이 힘들 때
나를 찾는 사람은 수두룩한데
정작 내가 힘들 때
나를 찾아주는 사람은 하나도 없네….

사람들이 가끔 잊는 게 있다.
나도 사람인데…
나도 아플 때가 있고 힘들고 지칠 때 있고
외로울 때가 있는 건데…
나도 심장이 하나뿐인 똑같은 사람인데.
밝은 사람도 피곤하다.

100+1=100, 100-1=0

착한 사람이 나쁜 모습 한 번 보이면

"원래 저런 애야?"

나쁜 사람이 착한 모습 한 번 보이면

"저런 면도 있네~"

100번 잘하고 한 번 더 잘하면 그건 당연한 거고,

100번 잘하고 한 번 못하면 '여태까지 한 것 다 무효'.

나 혼자 쇼하지 말자

혼자서 잘해주고, 혼자서 상처받지 말자.
내가 상처받았다는 걸 그 사람은 모를뿐더러
사실 '관심'도 없다. 이제 조금만 이기적으로 행동하자.
그건 이기적인 게 아니다. 혼자서 '쇼'하지 말자는 말이다.

사랑은 아낌없이 주는 것이지만
그건 어디까지나 내 사랑이
그 사람에게 가치 있을 때의 얘기다.
내가 있어도 그만, 없어도 그만인 사람에게 주는 사랑은
안타까운 얘기지만 '짝사랑'이거나 '낭비'다.
상처받지 않을 자신이 있다면 줘도 된다.
하지만 뭔가 조금이라도 바라는 게 있다면
애초에 시작도 하지 마라.
그런 속앓이는 안 해도 된다.

지나친 친절은 오히려 독

지나친 친절과 배려는
나에게도 상대방에게도
독으로 작용할 때가 많다.
뭐든 '오버'하면 안 된다.

실컷 잘해주고 나서 욕먹을 때만큼
사람이 바보된 것 같은 기분이 또 없다.
하지만 잘해줄 대상을 제대로 잘 고르는 건
내 선택이고, 내 탓인 거지.

나만 포기하면 끝인 관계

나만 포기하면 끝인 관계,

나 혼자만 애쓰고 애타는 관계,

같이 있으면 들러리, 호구 되는 관계,

관계의 암 덩어리다.

자신을 위해서라도 얼른 끊어내라.

건강한 사과가 가득한 상자에

썩은 사과 하나를 넣으면 나머지 사과까지 썩게 된다.

나를 망가뜨리는 걸 넘어서

내 인생 전체를 흔들고 좀먹게 만드는 사람이 있는데….

'정'이라는 명목으로 내 인생이 무너지게 두지 말자.

큰 건물도 작은 쥐구멍으로 인해 균열이 생기고

결국에는 무너질 수 있다.

우린 자신을 지킬 권리가 있다.

이 세상에 나 자신을 잃어가면서까지 지켜야 할 관계는 없다.

좋아하는 사람, 좋은 사람

내가 좋아하는 사람이 꼭
좋은 사람인 건 아니더라.
내 마음이 그를 좋게 본 거지….

마음이 변하는 순간, 거센 후폭풍이 기다리고 있지.
그래서 늘 감정의 홍수에 빠진 이들에게 말하고 싶다.
감정에만 충실하지 말아야 한다.
어제 다르고 오늘 다른 게 사람의 마음이고 감정이다.
감정에 취해 막 내뱉는 달콤한 말을 믿지 말고
그가 살아내는 삶을 봐야 한다.

진짜 내 사랑

변하지 않는 진리.
힘들 때 나를 버리지 않는 사람.
그가 진짜 내 사랑.
끝까지 곁에 남아주는 사람.
그가 진짜 내 사랑.

당신의 존재

보석이 보석일 수 있는 이유는
그 존재가 희소성 있기 때문이다.
존재의 가치는 곧 희소성인 것이다.
그렇다면 이 세상에 둘도 없는
당신은 얼마나 귀한 존재일까?
귀한 건 귀하게 여길 줄 알아야 한다.
나 자신도, 상대방도 말이다.

선 통보, 후 이해

사람과 사람 사이
절대 하지 말아야 할 것.
선 '통보' 후 '이해'.

똑같이 '소통'이라고 표현할 수 있을지언정
대화와 통보는 전혀 다르다.
통보는 배달시킬 때나 하는 것이다.
자기 혼자 결론 다 내려서 통보하고
나에게 이해를 요구하지 말길 바란다.

진짜 대접해줘야 할 사람

내가 남에게 대접받고 싶은 만큼
먼저 남을 대접해주라는 말이 있지만
내가 남에게 받고 싶은 대접을 우선
나 자신에게 해주는 게 먼저 아닐까.

'내가 나를 존중하지 않으면,
누구도 나를 존중하지 않는다.'

나부터

내가 남에게 사랑받고 싶은
딱 그 크기만큼이라도 나 자신을
더 소중히 여긴다면 얼마나 좋을까.
목말라 죽어가는 사람은
다른 사람에게 줄 수 있는 물이 없다.
내가 먼저 행복해야
내 안에 사랑이 차고 넘쳐야
다른 사람들도 행복하게 해줄 수 있다.
그러니 나를 위해서라도
사랑하는 이를 위해서라도….
우리는 무엇보다도
나부터 행복해져야 한다.
그게 모두가 다 행복해지는
가장 빠르고 쉬운 길이다.
결국 진리는 같다.
내가 바뀌면 세상이 바뀐다.

명품

샤넬이 왜 명품 브랜드인 줄 아세요?

코코 샤넬이라는 거장이 만들었기 때문이에요.

레오나르도 다빈치가 그렸기에

<모나리자>가 세기의 명화이듯

한 명의 거장이 하나의 작품을 위해

평생의 수고와 땀, 눈물, 피나는 노력,

철학, 경험, 노하우를 녹여냈기에

그들이 만들어낸 작품들은 명품 대접을 받아요.

한낱 종이나 그림, 가방도 수천, 수억 원하며 귀히 여기는데

값을 매길 수 없는 당신은 얼마나 소중하겠어요?

'부모'라는 이름의 거장이 '당신'이라는 작품을 그렸기에

당신은 너무 소중한 존재고, 명품이에요.

'당신'이라는 명품을 만든 명장

어떤 상황 속에서든
머릿속을 가득 채운 것은
니가 잘되길 바라는 생각.

아프고 힘들어도
버티고 또 버티면서
지금도 자식 생각.

역지사지, 나 좀 살지

세상에서 가장 어려운 일은
서로 다른 두 사람이 하나가 되는 것.
내 한 몸 간수하기도 힘든 세상에
남까지 돌본다는 게 쉽겠나….

내가 똑바로 서 있어야 남도 세워줄 수 있고
내가 채워져 있어야 남도 채워줄 수 있다.
그래서 나 자신부터 행복해야 할 필요가 있고
나부터 잘살아야만 한다.

내가 똑바로 서 있어야
죽어가는 사람도 살릴 수 있을 텐데
내가 똑바로 안 서 있으니
남을 밟고서라도 내가 살려고 하지 않나.

내가 먼저 행복해야 한다는 건
결코 이기적인 게 아니라

이타적인 사명이다.

우리는 조금만 더 이기적일 필요가 있다.
우리는 이기적인 이타주의자가 되어야 한다.

나는 소중한 사람

"잎사귀 하나 더 있다고
풀도 귀한 대접을 받는데
그보다 귀한 나에게건
왜 그리도 소홀했나요?"
이제부턴 자신을 좀 더 사랑해주세요.
당신은 너무 소중해요.

단번에 떨어져 나가는 사람

오해는 누구나 할 수도 있는 건데
그걸 풀려고 노력하는 사람은
나를 진심으로 대한 사람이었고
단번에 떨어져 나가는 사람은
오해하고 싶어서 오해한 거더라.

왜 오해가 아니라 나를 풀까.
정말로 깊은 관계는 오해할 일이 생기면
당연히 대화하며 오해를 풀려고 노력한다.
그런데 사실 여부도 확인되지 않은 일인데
오해 한 번으로 단번에 떨어져 나가는 사람이 있다.
마치 기다렸다는 듯이 말이다.
오해란 건 언제든 생길 수도 있는 건데 말이다.

이기적인 나, 이 기적인 나

"내가 좋아하는 사람이 나를 좋아해주는 건 기적이란다."

_《어린왕자》 중에서

자기밖에 모르는 이기적인 세상에서
내가 다른 사람의 어려운 처지를 생각해주는 작은 마음
타인을 향한 작은 배려와 친절, 따뜻한 마음이
정말 아무것도 아닌 것 같아 보여도 그런 불씨가 모여
세상을 조금 더 살 만한 세상으로 만들어간다.
'이기적인 나'가 많은 세상에서 '이 기적인 나'가 되었으면.

당신은 '이기적인 나'가 아닌
'이 기적인 나'입니다.

비교는 하지 말아요

내가 누군가에게 "멋져요, 아름다워요"라고 칭찬하면
"요즘 잘생기고 예쁜 사람이 얼마나 많은데요…"라고 하며
동문서답하는 이들이 너무 많았다.
다른 사람이 자기보다 나은 걸 얘기하면서
자신은 칭찬을 받을 자격이 없다는 것이다.

비교가 익숙해진 세상에서 산다고 해서
마치 정육점에서 고기 등급을 매기듯
당신의 가치를 누군가와 비교하지 말길 바란다.
다른 사람과 나를 비교하는 건 하늘이랑 땅 중에
뭐가 더 중요하냐고 묻는 거랑 같다.
비교 자체가 안 되는 거고
우위를 매길 수도 없으며 '기준'도 없는 일이다.
제아무리 부유한 사람이든 가난한 사람이든
똑똑한 사람이든 무지한 사람이든
하늘 아래 숨을 쉬는 모든 사람은
빈손으로 왔다가 빈손으로 돌아가는 법.

그러니 어차피 사라지고, 썩어질 것을 잣대로 두고
사람의 가치를 비교하는 것 자체가 어리석은 일이다.

남이 나보다 좀 더 가진 것 같다고 해서
내가 열등감을 느낄 필요도 없고
반대로 내가 남보다 조금 나은 것 같다고 해서
우월감을 느낄 이유도 없다.

Part.3

			시간이 없다고?				
			마음이 없는 거겠지				

정말 모르는 건지 모른 척하는 건지

정말로 몰라서 그런 건지
알고도 모른 척하는 건지
그게 항상 궁금하더라.

대놓고 물어볼 수도 없다.
마음이 있는데 외면하는 건지
마음이 없어서 관심이 없는지
알다가도 모를 사람의 마음….
그것이 문제다.

사람의 마음을 알 수 있는 방법

한 사람이 누군가를 진정으로 사랑하는지
아닌지를 알 수 있는 방법은 간단하다.
그가 내리는 선택을 보면 된다.
그 선택 속에 내가 있는지 없는지가
그 사람의 본심을 의미한다.

눈에 보이지 않는 사람의 마음을
가장 확실하게 알 수 있는 방법은 오직 하나뿐.
결정적인 순간, 그 사람의 선택을 보면
마음의 현주소를 알 수 있다.

이용당하고 싶진 않았다

아낌 없이 주고 싶었다.

하지만

이용당하고 싶진 않았다.

받는 사랑보단 주는 사랑이 더 아름답다.

그러나, 일방적으로 주기만 하다 말라 죽진 않길….

보이지 않아 멀어질 마음이었으면

보이지 않으면 마음에서 멀어진다(×).
보고 싶은 마음이 거리를 결정한다(○).

엄마 찾아 삼만리 그리고 삼고초려라는 말이 있다.
마음이 있고, 간절하다면 굳이 누가 시키지 않아도
천 리 길도 마다치 않고 가는 게 사람이다.

연락과 사랑의 상관관계

연락이 사랑의 기준은 될 수 없지만
사랑하는 이에 대한 관심의 척도는 될 수 있다.

마음이 있으면 시간도 거리도 환경도
아무런 문제가 되지 않는다.
근데, 마음이 없으면 제아무리 시간이 남아돌아도
안 하는 게 사람이다.

우리 사이의 거리

요즘 제일 싫어하게 된 말

"내가 나중에 시간 되면 연락할게."

약속은 지키라고 있는 건데

기약 없는, 지켜지지 않을 약속은

당신과 나 사이의 거리를 의미한다.

시간을 관리하는 사람은

사람도 얻고 시간도 잘 쓴다.

반면, 시간에 끌려가는 사람은

사람도 잃고 시간도 잃더라.

요즘 세상에 안 바쁜 사람 어디 있고

자기 사람 소중한 거 모르는 사람이 어디 있나.

사람을 잃고 틀어지는 건 정말 한순간이더라.

아는 건 누구나 똑같다. 실천하는 건 결국, 마음 문제더라.

초 단위로 시간을 관리하는

워런 버핏 같은 세계적인 CEO나

미국 대통령도 주말 점심때 가족과의 시간을 미루고

다른 이들과의 만찬 시간을 '만드는데'

시간이 없다고?

단언컨대, 만들 마음이 없는 거다.

경영학의 창시자 '피터 드러커'는

그의 저서 《성과를 향한 도전》에서

365일 내내 바쁘다는 말을 입에 달고 사는 사람 치고

시간을 정말로 제대로 쓰는 사람,

정말로 바쁜 사람은 없다고 했다.

차라리 그냥 마음이 없다고 말해라.

기다리는 사람 시간 빼앗지 말고

당신도 오지 않을 사람에 기대하지 말고

소중한 당신 자신의 삶을 기대하길.

바빠서 멀어질 마음이었으면

"바쁘면 좋은 거지~"라는 말을 자주 듣는데
바쁘다는 게 때로는 무섭게 느껴지더라.
줄어든 시간 만큼, 자연히 사람도 줄어들더라.
결국 "남을 사람만 남는다"는 말이 이해가 된다.

아무리 애써도 결국 때가 되면 자연히
멀어질 사람은 멀어지더라.
'시간'이라는 건 관계에 큰 영향을 미친다.
아무리 좋아 죽었던 사이도
택배 아저씨보다도 연락하기 어색한 사이로 만들고
한때 전부였던 마음도 잊히는 걸 보면 말이다.

동시에 감사한 것 또한 '시간'이다.
아팠던 기억들을 잊게 해준다는 점에서 말이다.
그런 면에선 망각도 축복인 것 같다.

내겐 네가 전부, 네겐 내가 일부

내겐 네가 전부인데

네겐 내가 일부일 때

그 말할 수 없는 감정….

"나중에", "다음에"라는 말이 너무 싫었다.

언제든 미룰 수 있는 나와의 약속,

불러내면 당연히 나오는 사람은 나,

마치 1+1의 존재밖에 안 되는 기분이 든다.

"편하니까"라는 말 뒤에 숨은 '안일함', '당연함'이 싫었다.

왜 항상 한쪽이 클 수밖에 없을까

서로를 생각하는 마음의 정도
서로를 생각하는 마음의 크기
그 사람의 마음과 내 마음의 크기
그 둘이 똑같을 순 없을까?

왜 항상 어느 한쪽이 클 수밖에 없을까?
물은 높은 곳에서 아래로 흐르는 법이고
사랑도 '내리사랑'이라 하듯
더 큰 쪽이 부족한 쪽을 채워주는 건
어쩌면 당연한 것 같다.

계속 만나자니 내가 죽겠고

"그를 계속 만나자니
내가 아파 죽을 것 같고,
그와 헤어지자니
쌓인 정 때문에 힘들다."

중요한 건 그 사람도 지금 당신처럼 아프냐는 것이다.
그 사람은 잘 먹고 잘살며
자기 할 일 다 하고 사는데
그 사람으로 인해 나 혼자 시름시름 앓고 있다면….
제발 그만둬요. 삽질 그만합시다.

같은 말, 다른 타이밍

사랑하기 전에 "너 하나면 돼" "내가 잘할게"
깨져버린 후에 "너 하나면 돼" "내가 잘할게"
같은 말, 같은 사람, 같은 절실한 감정.
하지만 다른 타이밍… 너무 다른 타이밍.

쌓인 정에 속지 말자

쌓인 정에 속아, 소중한 나를 잃지 말 것

나중이 아니라 지금 행복할 것

누군가의 '옵션'이 되지 말고 메인이 될 것

사랑 받으려 애쓰지 말고, 괴로워하지 말 것

당신도 누군가에겐 인생을 걸고 싶은 보석임을 알 것.

로맨티스트이거나 바보이거나

한없이 사랑해줘도, 한없이 베풀더라도

상대가 그 마음을 알아주면 지상 최고 로맨스.

상대가 그 마음을 몰라주면 결국 비극적인 결말.

상대가 몰라주는데도 한결같이 사랑을 준다면

'진정한 로맨티스트'이거나 정말 모자란 '바보'이거나….

로맨티스트, 망상주의자

현실 속에서 꿈을 꾸고 노력하는 사람은
'로맨티스트'라고 하고
게으르고, 손발이 가만히 있고
아무것도 안 하면서 꿈만 꾸다 죽는 사람더러
우리는 '망상주의자'라고 하지.
준비된 사람, 지금 눈물을 흘리면서
씨앗을 뿌리는 사람만이 훗날
기쁨으로 그 결실을 거두는 법이다.
지금 당신의 땀과 눈물이 언젠가
당신에게 큰 기쁨이 되어 돌아올 거다.

주는 사람의 상처가 더 크다

사랑을 받기만 하던 사람이 어느 순간

사랑을 받지 못하면 상대 보고 변했다고 따지지만

사랑을 늘 주던 사람이 어느 순간

상대가 당연시할 때 받는 상처는 훨씬 크다.

현대판 노예 계약

상대가 해주는 건 '의무'가 되고,
내가 받는 건 '권리'가 되면
그건 불공정 거래이고
노예 계약이다.
요즘 사람들이 인간관계 맺는 모습이나
연애하는 걸 보면
현대판 노예 계약이 참 많다.

옵션이 되지 말고 메인이 되라

나를 소중하게 여기는 사람이라면
나도 그를 소중하게 여길 것이고

나를 옵션으로 여기는 사람이라면
나도 그를 옵션으로 여길 것이다.

소중히 여겨주는 사람 한 명에게
잘해줄 시간도 부족하기 때문에.

돼지에게 진주를 주지 마라

내가 있어도 그만, 없어도 그만인 것 같은 사람
나에 대한 배려가 전혀 느껴지지 않는 사람
나 혼자 바보가 된 것 같은 기분 느끼게 만드는 사람
자기 필요할 때만 다가오는 사람
늘 말뿐인 사람이 꼭 있다.

사람의 에너지와 시간은 한정되어 있다.
보석도 알아보는 사람에게 보석이다.
돼지에게 진주를 주지 마라.
당신의 가치를 알아보지 못하는 사람에게
상처받지도 말고, 더 이상 집착하지도 말라.
그러기에는 내 인생이 너무 소중하고
나를 사랑해주고 소중히 여겨줄 사람은
분명 있기 마련이다.

당연한 게 어디 있어?

세상에 당연한 건 없다.
내 수고를 당연시 여기지 마라.

세상에 어디에도 당연한 건 없다.
부모 자식 간에도 말이다.
그런데 도대체 당신이 뭔데 당연하게 여기나?

세상에 당연한 건 없는데 하필이면
내가 거기에 포함된다는 게 너무 싫었다.

같은 시작, 다른 결말

둘 다 시작할 때는 같은 마음이었는데
왜 끝날 때는 늘 다른 마음이 될까.
도대체 어디서부터 틀어졌던 걸까….

같이 시작하고 같은 결말까지 바라는 건
너무 큰 욕심일까.

사랑에 대한 예의

식당에 갔는데 내가 앉을 자리에
다른 손님이 먹다 흘린 음식이 묻어 있으면
당연히 그 자리에 앉고 싶지 않을 거다.
밥 먹기 전에 손을 씻듯이
누군가를 사랑하기 전에도
내 마음을 청소하는 시간이 꼭 필요하다.

좋아하는 마음, 따뜻한 마음보다 중요한 건
깨끗한 마음인 것 같다.

음식을 남기지 않는 것이
만든 사람에 대한 예의이듯
사랑을 남기지 않는 것도
사랑하는 이에 대한 예의가 아닐까.
온 마음을 다해 사랑하자.

청소하지 않은 더러운 마음은 결국에는

나도 상대방도 더 이상 사랑할 수 없게 오염되니까.

과거의 사람과 지금의 사람을 비교하며

나도 상대방도 더 이상 불행하게 만들지 말자.

익숙함과 소중함의 관계

익숙함에 속아 소중함을 망각하지 말 것? (×)
그 사람이 나에게 '소중한 이유'를 생각하면
'익숙함'이란 단어가 들어갈 공간이 사라진다.

어둠을 없애기 위해 노력하지 않아도 빛이 있으면
어둠은 자연스럽게 사라지기 마련이다.
소중함에 속아 익숙함을 망각할 것! (○)

침묵은 금이 아니다

사람은 말하지 않으면 모른다.
침묵은 금이고 사랑은 희생이지만
상대가 모르는 나의 침묵과 희생은
돌아오지 않는 메아리처럼 공허하다.

평소에 아낌없이 표현해야 한다.
표현을 더 한다고 돈 드는 거 아니니까….

좋은 영향력

세상을 바꾸는 출발점은 '나'다.

내가 먼저 나를 사랑하고, 소중히 여기며

내가 내 인생을 방관하지 않고

가치 있는 꿈을 꾸고

최선을 다하는 모든 행동이

결국 나와 함께하는

이들도 행복하게 만드는 일이다.

표현하지 않는 사랑

행함이 없는 믿음은 죽은 믿음이듯,
표현하지 않는 사랑은 죽은 사랑이다.
사랑은 마치 물과 같아서 흐르지 않고
고여 있으면 썩어버리게 된다.

사랑한다면서 방치한다는 건

"절실하다"고 말하는 사람이 놀고 먹고 있으면

정신 상태가 글렀다고 하듯이

"사랑한다"고 말하는 사람이

상대를 방치한다는 건

아직 누굴 사랑하고

책임질 자격과 자질이 없다는 말과 같다.

익숙함의 이유

어느 순간부터 내가 누군가에게 익숙해질까 봐
동시에 내가 그 사람을 익숙하게 여길까 봐 겁이 났다.
하지만 결국, 상대의 입장에서 한 번 더 생각하면 되더라.
그녀가 날 이해해주길 바라는 만큼
나 또한 그녀를 이해해주는 게 사랑이고
그 이상을 바란다면 그건 욕심이니까.

'내가 그 사람이라면 어떤 기분일까' 하고
한 번 더 생각하고 말하게 되더라.
'이 사람은 도대체 나한테 왜 이럴까?'
자기가 그 사람을 선택해서 만나놓고
그 사람이 나를 괴롭힌다는 식으로 말하는 경우가 많다.
그런 생각이 들더라. 그런 말을 한다는 것 자체가
본인이 내린 선택과 안목, 자존심을 스스로 낮추는 거라고.

말을 믿지 말고, 삶을 믿어라

자격증 없고, 검증이 안 된 돌팔이 의사한테
수술을 맡기고 싶은 사람은 없다.

당신을 책임질 자질이 없는 사람에게
몸과 마음을 맡기는 건 왜 그리도 쉽게 허용하나?
보이지 않는 사람의 마음을 조금이라도 아는 방법은
상대가 어떻게 살았고, 어떻게 살고 있는지 보는 것이다.
말을 믿지 말고, 삶을 봐야 한다.

그 사람에게 모든 걸 걸지 마라

질투심을 품고 불안해하기보다는
자신감을 갖고, 당당해져라. 자신에게 집중해라.
역설적이게도 사람은 상대에게 모든 걸 거는 사람보다는
자기 인생에 최선을 다하면서도 상대와
소중한 시간을 '공유'하는 사람에게 끌린다.

사람들은 사랑할 때 '한결같은 사람'을 원한다고 말하지만
사랑에만 올인하는 사람을 원하지는 않는다.
그건 '로맨스'가 아니라 오히려 '공포'이고 '위험한 사람'이다.
우리는 현실 밖에서 사랑하는 게 아니라
현실 속에서 사랑을 한다.
우리는 평생 일할 수밖에 없고, 사랑할 수밖에 없다.
평생 일만 하는 인생은 공허하고
그렇다고 사랑만 하면 어리석은 일이다.

일과 사랑의 균형이 무너진 관계는
"우리는 어차피 깨질 사이야"라고 단정 지은 관계다.

일을 잘하는 사람은 무엇이 중요하고

무엇이 중요하지 않은지를 안다.

다시 말해, 우선순위가 무엇인지를 아는 사람이다.

그렇기 때문에 사랑도 잘한다.

마찬가지로, 사랑을 잘하는 사람은

자신을 사랑하고 자신이 하는 일도 사랑하기 때문에

자기가 해야 할 일에도 최선을 다한다.

미련한 사람과 사랑하는 건

나와 상대방 양쪽 모두를 불행하게 만든다.

동반자 vs 조련자

사랑한다는 건…
함께할 동반자가 된다는 거지
조련사가 되는 게 아니다.
내가 나 자신도 못 바꾸면서
남을 바꿀 수 있을 리가 없고
바꾸려 해서도 안 된다.

남녀문제에 관해서 상담을 하다 보면
이런 말을 가장 많이 듣는다.
"제 남자(여자) 친구는 제가 아무리 말해도 바뀌질 않아요."
그럴 때마다 나는 한두 가지 질문을 한다.

"올해 1월 1일에 본인이 결심했던 내용을 기억하시나요?"
대부분은 기억조차 못하거나 기억은 하되
실천은 못하고 있는 경우가 대부분이다.
"본인이 이번 달, 아니 어제보다
오늘 더 잘한 것 같은 게 있다면 말해보세요."

이 말에는 모두 대답을 못한다.

내가 나 자신도 못 바꾸면서 남을 바꾸려고 하니
그런 주제 넘는 짓이 어디 있을까?
정말로 바뀌어야 할 사람은 나 자신이고
내가 바꿀 수 있는 것도 나다.
그런데 우리는 상대방을 먼저 바꾸려고 한다.

내가 먼저 바뀌어야
그다음에 다른 사람도 바꿀 수 있는 거다.
나부터 잘하면 된다.

진짜 사랑은

No Expect, 뭔가 해주길 기대하지 않고
No Pay, 아무런 대가를 바라지 않고
No Save, 아낌없이 내 모든 사랑을 주는 것
진짜 사랑은 그렇게 하는 것이다.

사랑하는 사람에게 주고 싶어도 줄 수 있는 게 없을 때
먼지만 나오는 주머니에 손을 넣는 게
얼마나 슬픈 일인지 모른다.
반대로, 사랑하는 사람에게 무언가 하나라도
줄 수 있는 게 있다는 사실이 얼마나 큰 기쁨인지 모른다.
사랑은 그저 주는 것이니까 줄 수 있음에 감사해야지.

사랑은 나의 헌신과 나의 노력을
자랑하지 않는 것이다.

내가 듣고 싶었던 건

내가 듣고 싶었던 건
나를 설득할 이유가 아니었다.
애틋한 진심이었다.

사랑은 상대방이 착하다고, 나한테 잘해준다고
이뤄지는 게 아니더라.
상처 많은 내 마음의 문을 열게 하는 건 결국
진심을 품은 따뜻한 사람이었다.

이별을 부르는 3종 세트

미련은 과거에 대한 후회
집착은 현재에 대한 불만
의심은 미래에 대한 불안

"그런 사람인 줄 알았더라면
시작도 안했을 거예요."

원래부터 그런 사람이었을까.
내가 그런 사람으로 만든 걸까.

아무것도 아닌 걸로 싸워요

"우리는 정말 아무것도 아닌 일로 싸워요."
사람들이 이렇게 말하면

"큰일이었으면 싸우지도 않고 끝냈을걸요?"
나는 이렇게 대답한다.

나와 상관없는 사람들에겐 관심이 없는 법이다.
그렇지만 소중한 사람 사이엔 늘 '갈등'이 있다.
갈등이 있단 건 사랑한다는 증거다.

필요한 말 vs 듣고 싶은 말

듣고 싶은 말을 해줘야 할까?

필요한 말을 해줘야 할까?

전자는 말하는 나를 위해

후자는 상대를 위해 하는 말이거든.

당신에겐 브레이크가 있나요?

물건을 살 때, 물건을 파는 사람들은
제품의 성능이나 그 물건을 사야 하는 이유를
달콤하고 논리적으로 얘기하며 내가 원하는 말을 해준다.
말을 듣다 보면 나를 위해 그 물건을 파는 것 같지만
사실 본인들의 이득을 위해 내가 듣고 싶은 말을 해주는 거다.
하지만 나를 사랑하는 사람은
"지금 당장 꼭 필요한 거야?"라고 브레이크를 걸어준다.

우리가 살면서 정말로 들어야 할 말은
어쩌면 내가 듣고 싶은 말과 정반대일 수 있다.

나를 높여주고 인정해주는 말도 필요하지만
그 사람이 나를 너무 사랑하니까
나에게 '브레이크'를 걸어주는 말을 해줄 수도 있다.
브레이크를 소중하게 여겼으면 좋겠다.

운전할 때 중요한 건 '빠른 속도'보다 '브레이크'다.

속도는 성능이지만, 브레이크는 생명에 연결되어 있다.

인생에 찾아오는 브레이크를 미워하지 않았으면 좋겠다.

그게 어쩌면 당신을 살려주고

당신이 사랑받고 있다는 증거일 수 있으니까.

상처에 대한 벌금

뷔페 식당에 가면 항상 보이는 문구가
"마음껏 드시되, 드실 만큼만 가져가세요.
음식 남기시면 벌금 받아요"였다.

마음껏 사랑하되, 책임질 수 있을 만큼 행동하라.

당신의 책임지지 못할 말, 행동, 약속 때문에 상처받은 사람은
그 상처에 대한 벌금, 돈으로 환산할 수 있을까?

벌금 받아야 될 사람 천지다.

단거리 달리기 선수

요즘 사람들이 사랑하는 모습을 보면
단거리 달리기 선수만 있는 것 같다.
100m 죽어라 달렸다가 한 방에 다 쏟아내 버리고
바로 다음 주자에게 바통 터치하는 듯하다.
서로가 받은 사랑도 상처도
다음 주자에게 전가하고
이제 지나간 사람이 되는 것.

나 또한 그 바통을 마냥 기다리고 있었던 듯하다.
정해진 코스의 한 부분을
책임져야 하는 사람처럼 말이다.

'꼭 내가 아니라도'
누구든 거기 있었다면
그 코스를 달렸을 것 같은 '경기'
누구나 자기가 결승 전 골인 지점의 주인공.
마지막 주자인 듯 여기지만….

"사랑은 마라톤이고, 사랑에도 지구력이 필요하다.
100m만 달리고 퍼질 것 같으면 내겐 오지 마라."

당신의 책임지지 못할 말, 행동,
약속을 넘겨받고 상처만 남는 사람이 있다.

사랑을 아는 사람? 하는 사람?

스스로 생각하기에
사랑을 아는 사람이세요?
사랑을 하는 사람이세요?

우리는 자신이 굉장히 많은 걸 알고 있다는
착각을 할 때가 참 많다.
특히, 사랑할 때 내가 그녀와 알게 된 지 오래고
상대에 대해 좀 안다 싶으면
얼마나 많이 상처 주는 말을 던지고
지레짐작해서 판단하는 말을 많이 하는지
자신은 잘 모른다.

그 사람에 대해 잘 안다고 자부하면서
항상 나를 바라봐 준 그 사람의 가슴에
비수를 꽂는 말을 하고 나왔다면
그 사람은 '사랑을 안다'고 말할 수 있을까?

사랑은 내가 하는 것만큼이나

상대가 느끼고 있느냐도 중요하다.

부디 사랑을 '하는' 사람이 되길 바란다.

사람 사랑 삶

사람이 사랑을 하는 건데
사랑이 사람을 살리더라.

가만 보면
사람이 상처받는 것은 돈 때문에
상황 때문에도 아니었다.
다 사람 때문이었지….
마찬가지로
사람을 감동시키는 것도 사람이었다.

한 사람한테도 똑바로 못하면서

한 사람한테도 똑바로 못하는 사람이
딴 사람한테 한눈파는 게 이해가 안 간다.

다른 이성에게 양다리 걸치는 사람들이 있다.
상대방은 지금 자기 때문에 속이 썩어가고 있는데
마음이 글러먹은 사람들은 늘
자기가 상대방에게 상처 준 건 다 잊고
자기가 상처받은 것들만 기억한다.

사람은 누구나 상처받지 않을 권리가 있는 동시에
어느 누구도 남에게 상처 줄 권리 또한 없다.

무슨 부귀영화를 누리겠다고

당신이 뭐가 모자라서, 뭐가 아쉬워서
무슨 부귀영화를 누리겠다고
그런 대접을 받으면서까지 참을까?
월급 주는 사장도 아니고, 그 사람이 뭔데
당신에게 함부로 하는 걸 당하고만 있나?
그건 착한 게 아니라 미련한 거다. 그만두자.

인내와 용쓰는 건 다르다.
참아서 약이 되는 걸 참아야지
참아서 독이 되는 걸 버티면 더 큰 병 된다.
인내는 단단한 근육이 되고, 굳은살이 되지만
용을 쓰고 스트레스 받으면 그게 쌓여 병원 간다.

참으니까 이전보다 점점 강해지고 있는지
아니면 속이 썩어 문드러지고 있는지
제발 생각해보자.

사랑에 '밀당'은 없다

연애에선 갑을이 존재한다. 누군가 리드하는 쪽이 있고
더 좋아하면 지는 것 같고, 밀당이란 게 필요한 것 같지만
사랑에선 갑을이란 게 없다. 더 희생할수록, 사랑할수록
그 사랑은 더 깊어져 간다.
사랑엔 당당만이 존재한다.

그때 나한테 왜 그랬어?

이제 와서 하는 얘기지만
그때 나한테 왜 그랬냐고 물어보고 싶다.

오래전에 내게 상처 준 사람에게 묻긴 뭣하고
종이 위에 끄적이다가 "에잇!" 하며
종이를 구겨서 쓰레기통에 던졌다.
그러다 다시 주워서 한번 펼쳐봤는데
그러는 내 모습이 어찌나 처량해 보이는지
문득 그런 생각이 들었다.
'과거의 상처를 스스로 들춰내는 건 이미 쓰레기통에 던져버린
종이를 굳이 다시 꺼내 펼쳐보는 것과 같지 않을까.'

그래도 내 자존심이었으니까

내게 깊은 상처를 준 너였지만
그런 널 미워하고 싶진 않았다.
그래도 한때 내가 마음을 준
내가 선택했던 사람이니까.
내 자존심이었으니까.

아깝다 아까워

가끔 그런 생각이 든다.
과거가 있기에 지금의 내가 있고
과거를 부인할 순 없겠지만
떠날 사람한테 들인 정성과 노력이
너무 아깝다는 생각 말이다.

모든 것이 결말을 알 수 없기에
처음은 늘 미스터리하고 설레지만
그것도 세월이 지나 나이가 들면
설렘이 있던 자리에
자연스레 두려움과 의심이 대신하는 건
어쩔 수 없나 보다.

그러니… '지금' 만나는 사람을 바꿀 순 없고
'과거'에 빼앗긴 시간을 돌려받을 수도 없고
'앞으로' 어떤 일이 일어나고
누굴 만날지 아무것도 알 수 없기에

우리는 더더욱 자신에게 집중해야 한다.

남한테 들인 정성은 상대가 떠나면 같이 사라질 수 있지만
나한테 들인 노력과 정성은 적어도 나를 배신하지 않는다.

내가 할 수 있는 최선은 '나한테 집중'하는 거더라.
그래야 나도 살고, 결국 상대도 산다.

달라서 끌렸다며?

나와 다르기 때문에 마음이 간 건데
내 입맛에 맞게 바꾸려는 건 뭔가요?
내가 나다울 때에 가장 아름답듯이
상대도 자기다울 때가 아름다워요.

내가 싫다

상처 준 너도 싫지만
그런 널 그리워하고 있는
나 자신이 더 싫다.

네가 없어도
여전히 그 감정은 남아 있다.

Part.4

물어본 적 없는데?

착한 사람과 호구는 다르다

'착한 사람'과 '호구'는 다르다.
'진짜로 착한 사람' 곁에는 멋진
사람이 넘쳐난다. 반면 호구들은
자기가 착해서 손해봤다고 착각한다.

남에게 자신을 도둑맞은 사람들은
자기가 상대방의 입장을 생각해주는 '착한 사람'이라고
착각하지만 그건 착한 것도 배려도 아니다.
진짜로 착한 사람은 결코 만만하게 볼 수 없는 존재다.
오히려 두려울 정도로 멋진 사람들이지.
진짜로 착한 사람은 그 사람 내면에 사랑이 넘쳐서
넘어져 있는 사람을 보면 손을 건네고
"괜찮아?"라고 말 한마디를 해줄 줄 아는 여유를 갖고
그를 일으켜주는 사람이지
같이 넘어져서 우는 바보가 아니다.

나를 잃어가면서 지킬 관계는 없다.

내가 나를 소중히 여기는 만큼
상대방도 딱 그만큼 소중히 여겨주는 법이다.

진짜 배려는… 내가 나를 소중하게 여기기에
상대의 목소리에도 귀 기울이는 것이지,
내 귀를 자르고, 내 입을 없애는 것이 아니다.

잘해주면 호구 된다?

잘해주면 호구 되는 게 아니라 고마움을 모르는 사람에게
계속 잘해주고 기대한 사람에게도 잘못이 있다.
바보가 바보인 건 그 사람 잘못이지만
바보와 어울린 건 내 탓이다.
아낌없이 베풀고 주는 '사랑'만큼
중요한 건 바로 '지혜'다.

바보를 내 인간관계 속에 끌어들이지 않고
분별할 수 있는 '눈' 말이다.

남 탓하지 말고, 지혜로워져라.
잘 해줘봤자 호구 된다는 생각하면
결국 당신 주위에는 아무도 안 남는다.

권리와 책임은 세트

사랑받을 권리.

사랑해줄 의무.

상처 주지 않을 책임.

이 셋은 같이 가야 한다.

무엇이 바뀌었나

예전에는 그렇게나 당당해 보였던 사람도

다시 보니 왠지 처량해 보이고

그렇게나 화려해 보이고 모두가 부러워할 만한 조건을

다 가진 사람인데도 불구하고…

다시 보니 가장 외로워 보였다.

언제부턴가 그 사람의 화려함이

부러움에서 측은함으로 바뀌었고

눈부신 빛 아래 딱 그만큼의

그림자가 있음을 보게 되었다.

그때나 지금이나 그 사람이나 나는 겉보기엔 다를 게 없다.

하지만, 한 가지 달라진 게 있다면 '나'다.

내가 달라지니까 그 사람이 달라 보였다.

그게 좋은 의미든 아니든 말이다.

미워하고 꼴도 보기 싫었던 사람도

시간이 지나서 다시 보면

왠지 모르게 측은해질 때가 있고
한때 너무 좋았던 사람도 "잘 지내냐"
그 쉬운 말 한마디조차
건네기 어색한 사이가 되기도 한다.

이런 상황들이 하나둘씩 많아지니까
어느 순간 한 사람과 관계를 맺는다는 게
겁나기도 하고 더욱 신중해지게 되더라.

언제 너한테 선생 되어 달래?

자기가 직접 안 겪어보고
말 쉽게 하면 안 된다.
정작 겪어본 사람들은 쉽게 말 안 한다.
지금 힘들어 죽어가는 사람에게
정답을 얘기하는 사람들이 있다.
"니가 힘든 건 ~를 안 해서 그런 거다"라고 말이다.

그에게 정말로 필요했던 건 '정답'이 아니라
진심 어린 말 한마디와
잠시나마 마음 놓고 기댈 수 있는 나무 그늘이었다.

제아무리 좋은 것이라도

내가 아무리 좋은 마음, 좋은 의도로 얘기해도
상대방이 그것을 받아들일 만한
마음의 준비가 안 되어 있다면… 제아무리
좋은 것이라도 그 사람에겐 상처일 수도 있다.
어릴 땐, 마음과 의욕이 늘 앞서는 게 사실이지만
어른이 될수록 '천천히'의 중요성을 배우게 된다.

정답 알려 달라고 한 적 없는데?

"내가 정답을 몰라서 힘든 게 아니다"라는 생각.

난 너한테 한 번도 정답을 물어본 적이 없는데

그냥 힘들어서 "힘들다" 한마디 했는데

저 혼자 설교 늘어놓을 때

"아이고 넌 그렇게 잘 알아서 그 모양이구나"라는 생각.

나한테는 정답인 게, 남한테는 정답이 아닐 수 있다.

당연한 게 당연한 게 아니다

나한테는 별것 아닌 것이
그 사람에게는 전부일 수도 있고,
내게 당연한 것이 그 사람에겐
정말 어렵고, 힘든 일일 수 있다.
함부로 남을 판단하지 말자.

힘들다고 했더니 "힘내"라고?

나는 힘들어서 "힘들다"고 했더니
힘든 게 잘못된 거라고 하네….
내 입을 막아버리고, 내게 하는 말이
"힘내"라네. 뭐지 이건…?

자기가 잘못하고 누굴 원망해?

자기가 힘들면, 남도 힘들단 걸
알아야 하는데… 자기밖에 모르고
자기가 제일 힘들고, 피해자라고 여기는
사람들을 보면… 매사에 자기중심적이더라.
자기가 잘못해놓고도 오히려 남을 원망하더라.

네가 나한테 해준 게 뭐냐?

"니가 나한테 해준 게 뭐가 있냐?"라고 말하는 이에게
"내가 너한테 왜 해줘야 되냐?"라고 하고 싶다.
나이 먹고 아직도 누가 해주는 것만 바라는
거지 근성이 있는 한⋯ 철들려면 한참 멀었다.

제일 불쌍한 사람

세상에서 제일 불쌍한 사람은
자기가 잘못을 해놓고도
뭘 잘못했는지 모르는 사람이다.
이들은 대부분 귀는 막고, 입만 뚫렸더라.

나이가 많다는 것

상자가 몇 년도에 만들어졌는지가
중요한 게 아니다.
중요한 건, 그 안에 든 내용물이다.
좀 더 오래 살고, 나이 많다고 해서
다 어른이 아니다.

한국은 유독 '나이'에 민감하다.
나보다 어린 사람이 바른말을 하면 버릇이 없다고 하거나
"넌 아직 사회를 잘 몰라"라고 무시할 때가 아주 많다.

어떤 경험을 했고, 어떤 태도와 습관을 지니고 있고
어떻게 사랑하고, 용서하고, 베풀고
어떤 곳에 가치를 두고 사느냐가
그 사람의 속을 깊어지게 만든다.

나이는 내세울 게 아니다.
그게 바로 나잇값을 못 하는 행동이다.

자신의 부족함을 인정하고
나보다 어린 상대에게서도
배울 줄 아는 자세를 지닌 사람,
그게 어른이다.

너무 큰 바람일까

나는 대단한 사람은 아니지만
누군가에겐 특별한 사람으로 남고 싶다.
세상 모든 이가 날 좋아할 순 없을지라도
적어도 한 사람에게만큼은 전부이고 싶다.

말 좀 잘 듣자

후회한들 어찌하리
이미 일은 벌어졌는데….

하는 말마다 부정적이고
생각하는 게 꼬인 사람과
대화하면… 함께 있는 시간까지
고통스러워진다.

말 = 부메랑

'말'이란 건 마치 부메랑 같아서
한 번 내 입에서 나온 말은
오랜 시간 온 세상을 떠돌다가
결국 다시 내게 되돌아온다.
그래서 항상 신중해야 한다.

돈 버는 건 어려운데 쓰는 건 쉽고
살 빼는 건 어려운데 찌는 건 쉽듯
말 뱉는 건 쉬운데 뒷감당은 말도 못한다.

하나라도 제대로 알고 열을 알자

그의 일부분만 보고선 마치

그에 대해 다 아는 것처럼 굴 때가 있다.

"하나를 알면 열을 안다"처럼 열은 아니어도

제발 '하나'라도 제대로 봤으면 좋겠다.

머리는 폼으로 달고 있는 게 아니다

사람마다 생각이 다를 수 있단 건
충분히 인정하고, 당연한 거지만
생각이 없는 사람은 싫더라.
사람이 생각을 안 하면 짐승과 다를 게 뭔가?

그런데… 짐승조차도 생각은 한다.

제발 생각 좀 하고 말했으면

제발 생각 좀 하고 말했으면
상대방의 입장도 생각해줬으면
그 툭툭 내뱉는 말에 누군가는 아파도
참아주고 있단 걸 알았으면 좋겠는데…
늘 당사자들은 정작 자기가 문제인 줄 몰라.

온 세상이 다 아는데 자기만 몰라.

기승전… 결국 자기 자랑

자기 자랑 심한 사람들은 항상
"내가 자랑하려고 하는 말은 아닌데…"
라는 말로 자랑을 늘어놓기 시작한다.
정말로 잘난 사람은 남에게 자기의
가치를 인정받으려 애쓰지 않는다.

기승전… 자기 자랑, 자기 자랑해도 되긴 한데
그냥 처음부터 요즘 하는 일들이
잘된다, 좋은 일 있다, 내 자랑 좀 해도 되냐고
말하고 시작했으면 좋겠다.

밉상

주는 것 없이 미운 사람이 있고
내가 그 사람에게 받은 건 없지만 좋고
이상하게 고마움을 느끼게 되는 사람이 있다.
전자는 어딜 가든 밉상, 후자는 늘 환영받지.

인생을 바꾸는 힘

헬렌 켈러를 위대한 인물로 만든 것은
설리번 선생님의 '지식'이 아니라
한결같은 '사랑'이었다.

우린 늘 상대방을 위한다고 말은 하면서도
사실은 자기 할 말과 자기주장을 관철하려고 할 때가 많다.
"내가 언제 틀린 말 한 적 있냐?"
"너 잘되라고 하는 말이지 나 좋으라고 하는 말이냐?"
이런 말이 대표적이다.

상대를 위한다고 말은 하지만
자기를 위해서 하는 말일수록
사랑과는 멀어지고, 상처만 커질 뿐이다.
그래서 사람과 사람 사이에는 말과 표현이 참 중요하다.

세상에 존재하는 보물

있는 모습 그대로를 사랑하되
지금 모습 그대로 멈추진 말 것.

원석은 보석이 될 잠재력을 갖추고 있다.
원석은 그 자체로도 너무 소중한 것이다.
그러나 원석을 평생 원석으로만 둔다면
그 안의 아름다운 빛은 보지 못할 것이다.

당신은 있는 모습 그대로 너무 소중한 사람이다.
당신이라는 그 이유 하나만으로도 특별하다.
하지만, 지금의 모습 그대로에 만족하지는 말라.
그것이 눈에 보이는 모습이나 습관, 행동이든
보이지 않는 내면의 상처, 자존감, 자신감이든.

안주와 평범함을 거부하고
눈물겨운 자기 깨짐 후에 당신은
지금보다 훨씬 더 빛날 수 있는 사람이다.

더 깊어지고, 성공하고, 사랑할 수 있는 사람이다.

용기를 가져라. 스스로 일어서라. 더 강해져라.

맨날 남이 토닥여주는 위로만 받고

남한테 기대며 살기엔

한 번뿐인 우리 인생과 젊음이 아깝다.

나는 당신의 있는 모습 그대로를 사랑한다.

하지만 당신이 지금 모습 그대로

멈춰 있길 바라진 않는다.

이런 남자, 이런 여자를 만나라?

연애를 잘 시작할 수 있는 법은 어렵지 않다.
"이런 남자, 이런 여자를 만나라"라고 하는 글.
"이런 사람 만나고 싶다"라는 식의 글에
휘둘리지 않는 사람이 되면 되는 것이다.
그런 글 백날 봐도 내 삶은 하나도 안 달라질뿐더러
그런 사람은 절대로 내 인생에 나타나지 않는다.

"그런 사람이 현실에 존재할까요?"
"요즘 세상에 그런 사람이 있을까요?"

내가 원하는 이상형이 있다면
먼저, 내가 그런 사람이 되면 된다.
내가 꿈꾸는 인생이 있다면
그 인생을 누릴 만한 사람으로 살면 된다.

아무것도 안 하면서 꿈만 꾸는 사람더러
우리는 "꿈 깨라"라고 한다.

155

사람들은 남의 인생에 관심 없다

다른 사람의 생각과 판단으로
내 인생이 좌지우지될 이유는 없다.
그들이 툭 내뱉는 말에 요동하지 말자.

왜냐면
우리가 생각하는 것보다
사람들은 남의 인생에 별로 관심이 없다.
자기 몸 하나 간수하기도 벅차거든….

Part.5

믿음 가는 말이 필요해

믿으며 가는 길

이러지도 저러지도 못 할 때
발버둥 칠수록 상황은 오히려
점점 꼬이고 있을 때…
이제 나는 어떻게 해야 할까?

무엇 하나 뜻대로 되지 않고, 다들 내 마음 같지가 않고
나만 애타는 것 같고, 제대로 가고 있는 건지도 모르겠고
멈춰야 할지 계속 가야 할지 복잡하다, 마음이….
학교에서는 공식을 통해 답이 나오는 걸 배우는데
현실에선 백 퍼센트 옳은 답도, 공식이란 것도 없더라.
그저 내가 내린 선택은 내가 책임져야 하는 거니까
나는 내 선택을 믿어야지.
믿으면서 내 길을 가는 수밖에 없다.

오늘이 없다면 다 의미 없다

걱정의 대부분은 아직 일어나지도 않은 일.
근심의 대부분은 과거의 결정에 대한 후회.
미래의 꿈도, 과거를 통한 교훈도 중요하지만
'오늘'이 없다면 모든 게 무슨 의미가 있을까.

사람이 가장 외로운 때

1. 혼자일 때

2. 옆에 누가 있어도 혼자인 것 같을 때

3. 아픈데 아무도 안 알아줄 때

4. 타지에 살아서 시간이 있어도 만날 수 있는 사람이 없을 때

5. 지금

당신은 몇 번인가요?

후회, 자신에 대한 예의

그때는 그 순간 나름대로
최선을 다하고 있다 생각했는데
돌이켜보면 왜 항상 후회가 남는지….

최선을 다해도 후회하는 게 사람인데
어디 최선도 다하지 않으면 쓰겠나.

적어도 내가 과거에 내렸던
결정을 후회하거나 자책하진 말자.
그건 나름대로 최선을 다한
나에 대한 최소한의 예의니까.

우린 모두 자신에게
최소한의 예의를 지킬 필요가 있다.

고진감래는 없다

고생 끝에 낙이 온다는 생각으로
하루하루를 '고통'으로 여기기보단
두 번 다신 돌아오지 않을 오늘을
선물로 여기고, 감사하며 살기.

"언젠간 좋은 날이 올 거야,
오늘이 가장 좋은 날이야."
끙끙대기보단 웃으면서 살기.

우리는 이 순간을, 현재를 살아갈 뿐이다.
내일이 당연히 보장된 사람은
이 세상에 단 한 명도 없다.
그저 매 순간을 소중히 여기며 사는 거다.
아낌없이, 남김없이 살고, 사랑하고, 배우는 것이다.

'언젠간' 올지도 모를 좋은 날을 고대하면서
오늘을 '고통'으로 여기며 버티기보다는

'선물'로 여기며 주어진 하루에 감사하고 누렸으면 좋겠다.
그렇게 살면서 맞이하게 될 내일은 '축복'이 될 것이다.

희망이란 '언젠간' 보석이 되기 위해 노력하는 게 아니라
자신이 '이미' 보석임을 아는 것에서 시작된다.

아직 오지 않은 내일로 인해 오늘을 빼앗기는
어리석은 사람이 되지 말자.
내일의 일은 내일 걱정하면 되고
그날의 괴로움은 그날로 족하다.

정이란 게 참 무섭다

사람의 '정'이란 게 참 무서운 거다.
그 사람 때문에 내 몸과 마음이
너무 아파 만신창이가 되어도 계속
생각이 나는 걸 보면 ⋯ 아무리 아파도
밥은 먹어야 하는 것처럼 말이다.

특별한 일, 특별한 날

"이 또한 지나가리라"라는 말이 있다.
예전에는 서로가 진심이었던 것들이
지금에 와선 의미가 없게 된 것 같아도
당시에는 의미가 있는 일이었던 거지.
그 의미를 부여한 사람은 바로 나다.

그렇게 우리는 앞으로도 같은 하루를 살면서
특별한 의미를 더하며 살아가겠지.
그래서 완전한 건 없어도 특별한 건 있는 것 같다.

사람은 누구나

하늘 아래 사는 모든 사람들은
모두 저마다의 아픔이 있다.
문제없는 집, 사연 없는 사람은
하나도 없더라. 그게 사람이다.

사람이니까 다 아픔과 고통이 있는 거고
사람이니까 기쁨도 감동도 느끼는 거지.
사람은 기계가 아니니까.
아무것도 못 느낄 기계가 될 바엔
아파도 사람인 게 감사하다.

사람 사는 게 다 거기서 거기

내 눈으로 보기엔 그 사람이 행복해 보여도
막상 뚜껑을 열어보면 아닐 때가 많다.
남의 떡이 더 커보이듯… 내가 제일 힘들고
그 사람은 행복해 보일 수 있지만….
사람 사는 건 다 똑같다. 티를 안 내는 거다.

다 힘들다, 말을 안 해서 그렇지.

나도 날 아직 잘 모르겠는데

사람들은 내 모습의 티끌만큼만 보고
나에 대해 다 아는 것처럼 말하고 판단하더라.
나조차도 아직 나에 대해 잘 모르는데
어떻게 그리도 쉽게 판단할 수 있을까?

잘 모르는 사람이 원래 다 아는 것처럼 말하고 행동한다.

남 탓, 내 탓, 둘 다 NO

모든 잘못을 남에게 돌리는 것은
비겁하고, 잘못된 것이다. **하지만**
상대의 잘못을 모두 나의 잘못으로
혼동하는 것 또한 어리석은 것이다.

'메시아 콤플렉스'란 말이 있다.
세상 짐을 나 혼자서 다 짊어지려고 하지 마라.
내가 모든 걸 해결해야만 한다는 병적인 의무감을 벗어던져라.

깎아내리기 바쁜 너랑 나

너는 남을 깎아내리기 바쁘지만
나는 나를 깎아내리기에 바빠서
하루하루 더 멋지게 조각되지.

넌 계속 그렇게 살든지
난 계속 이렇게 살 테니.

깎아야 할 대상은 따로 있다.

더 이상 구걸하지 말자

내가 누군가의 인생에 있어서
없어선 안 될 중요한 부분이고
나를 소중하게 생각해줄 사람은
과연 몇이나 될까?

사랑하랬지, 언제 구걸하랬나
관심을 구걸하지 마라.

남을 위해 울어주는 눈물은 아름답다.
남 때문에 흘리는 눈물은 너무 아깝다.

외롭다고 할 시간에 바쁘게 살아라.
뒷담화 할 시간에 너에게 집중해라.

사랑을 구걸하는 '관종'이 되지 말고
사랑을 먼저 주는 '주인공'이 되어라.

기대

내가 나의 삶을 기대하는 건
나를 더 강하게 만들지만

남한테 기대하면 할수록
실망만 커질 뿐이랍니다.

사랑을 잘하는 방법

사랑을 잘하는 방법은 단순하다.
내가 나를 봐도 사랑하고 싶은 사람이
되면 되는 것이다.

173

비교할 걸 비교해야지

사랑하는 사이에서 절대로
하지 말아야 할 것은 비교다.
비교하는 순간, 상대는 더욱
비참해지고, 그와 동시에 나는
교만한 사람이 되어버린다.

비교는, 소중한 관계를 망치는 '독약'과 같다.

굳이 비교해야 한다면 그 비교 대상은 오직
'어제의 나 자신'밖에 없다.
어제보다 내가 오늘 더 성장했는지
오늘 내가 해야 할 일을 후회 없이 잘 마무리했는지
부족한 점은 없었고, 혹시 나태하진 않았는지
내가 나의 이름을 가치 있게 하는 데
가치 있는 사람들과 만나고 관계를 맺는 데
시간을 잘 쓰고 있는지
아니면 내 삶과 자존감

꿈을 무너뜨리는 꿈 도둑들과
만나고 있는 건 아닌지를 말이다.

상대방에게 고칠 점을 얘기할 땐
상대를 무너뜨리는 게 목적인 '비난'과 '비교'가 아니라
상대를 더 세워주기 위한 '비평'과 '권면'을 해줘야 한다.
"넌 이것만 더 신경 쓰면 완벽하겠다"라고
사랑하는 마음에서 피드백을 해주어야 한다.

아무리 내가 좋은 의도였더라도
설령 그게 상대를 위해 한 말이어도
상대의 마음을 상하게 표현했다면
그건 이미 사랑이 아니고 잘못된 것이다.

한 가지 단점보단 아홉 가지 장점을 발견할 수 있고
아홉 가지 단점보단 한 가지 장점을 귀하게 바라봐 줘야 한다.

더 이상 지도를 찾지 말자

인생에서 정해진 정답이나 운명은 없다.
죽이 되든 밥이 되든, 그게 범죄가 아닌 이상
일단 한번 시도해보는 것이다. 우리에게
정말로 필요한 건 '정답'이나 '지도'가 아니라
나만의 해법을 찾아 나설 '용기'다.

나는 성공한 사람들의 성공담이나 시행착오
성공 노하우가 담긴 책이나 영상을 찾아보곤 했다.
필요하다면 먼 거리를 마다하지 않고
당시의 형편에 맞지 않아도 많은 시간과
대가를 지불하면서까지 교육에 참여하며
'배움'에 대한 열정을 품고 쉬지 않고 달리고
치열하게 살았다.

그러다 문득 이러한 의문이 들었다.
'내가 왜 이렇게까지 하고 있는 걸까?'
곰곰이 생각해보니

'좀 더 나은 인생, 가치 있는 인생을 살기 위해서…
그러기 위해선 성공하고, 여유가 있어야 타인도 돕고
사랑도 더 잘할 수 있을 테니까'라는 답이 나왔다.

곧이어 이런 의문도 들었다.
'내 인생의 문제인데 다른 사람 인생을 본다고 답이 나올까?'
아니었다. 어느 정도 도움은 되겠지만
꼭 그런 건 아니라는 생각이 들었다.

나는 내 길을 걸어가면서도
남이 그려놓은 지도를 참고한답시고
수백 개는 쌓아뒀던 것이다.

내 지도는 내가 그려야 되는데
더 이상 시간을 허비하지 않기로 했다.

이제는 누군가에게 지도를 달라고 부탁하지도
누군가에게 내 지도를 주지도 않을 것이다.

나만의 길

살다가 나와 비슷한 길을 걸어가는 동반자를 만나면
함께하는 순간만큼은 진심으로 동행하고
서로의 방향이 달라졌을 땐
그가 나를 배신했다고 여기는 게 아니라

"이 사람의 길은 여기서 다른 방향인가 보다" 하고
인정해주며 다음에 다시 만날 때를 기대하고
나는 나대로 나의 길을 걸어가는 것

그리고 나와 비슷한 상황에 놓였던 이들의
'태도'라는 본질을 배우는 게
지혜로운 사람일 것이다.

우리에게 절실히 필요한 건
남이 걸어갔던 길이 아니라
내가 새롭게 걸어가는 길이다.

앞이 보이지 않는
미지의 길을 더듬어 가면서
한걸음 한걸음 믿음으로 나아가는 것이지.

그러니 이제 더 이상은
성공한 사람을 쫓아다니느라
나를 잃어버리지 않겠다.

이상한 사람

이유 없이 상대를 의심하는 것도 잘못이지만
잘 모르는데 무조건 믿는 것도 어리석은 짓이다.
이상한 사람은 어느 시대에나 늘 있어왔다.
중요한 건 나는 어떤 사람이냐는 것이다.

꼴도 보기 싫은 사람

정말로 보고 싶은 사람
만나는 건 어렵고

꼴도 보기 싫은 사람은
항상 마주치고 봐야 하네.

사람 사는 게 참 신기하지.

세상의 빛

당신은 세상의 빛이다.
구름이 온 하늘을 다 덮을 수가 없고
어둠이 세상 모든 빛을 가릴 수가 없듯

당신 안에 빛이 있으면
당신을 둘러싼 모든 어둠은
아무런 힘을 쓰지 못한다.

세상이 아무리 어두워도
내 안에 빛이 있으면 된다.

귀한 나를 위해

귀한 나를 위해
못난 그를 용서하자.

사과는 당연히 잘못한 사람이 하는 거라 생각했는데
사실, 사과는 더 성숙한 사람이 해주는 것이었다.
누군가를 미워하는 마음을 품고 있으면 우리 마음 속에는
딱 그만큼의 구멍이 난다고 한다.
용서는 나를 위해 하는 것이다.
귀한 나를 위해, 못난 그를 용서하자.

좋아하는 사람

좋아하는 사람들과 보내는 시간은

1분 1초가 아깝고 소중한 것 같다.

그런 시간들은 늘 너무 빨리 지나가서

턱없이 부족하더라. 그래서 항상

아쉬움을 남긴 채 헤어졌다.

더 사랑해줘야 할 사람

사랑은 고치는 게 아니라 지켜주는 것.

사랑은 바꾸는 게 아니라 바꿔가는 것.

사랑은 들추는 게 아니라 덮어주는 것.

완벽한 나가 아니라 불완전한 나이기 때문에

우리는 자기 자신을, 그리고 서로를 더 아껴주고

느리더라도 좀 더 기다려주고 부족함 때문에 포기하고

떠나는 것이 아니라 부족하기 때문에

자신과 상대를 더 사랑해줄 필요가 있다.

나에게

한 번뿐인 인생을
그래도 잘 살아보겠다고
오늘도 열심히 달린 나를
칭찬해주고 싶다. 수고 많았다.

좋은 일, 좋은 나

항상 좋은 일만 일어날 순 없겠지만
'좋은 나'가 되는 건 할 수 있다.
좋은 일이 일어나길 기대하지 말고
좋은 내가 되길 기대한다.
그럼, 상황이 어떻게든 나아질 것이다.

사람들은 보통, 정작 고민해야 될 일은 미뤄서
방관하는 경향이 있고
굳이 안 해도 될 걱정을 사서 할 때가 있고
당장에 결정이 나지 않을 일을 걱정하느라
시간도 감정도 소모한다.

내가 만약 배의 키를 잡은 선장이라면
비바람이나 날씨, 파도의 높낮이는
내가 어찌할 수 없는 영역이잖아?

하지만 배를 내가 가고자 하는 방향으로 가게끔

'키의 방향'이나 '노'는 조종할 수 있다.
살면서 우리가 집중해야 할 부분도 이거다.

내가 해결할 수 없고, 능력 밖의 일에 집중하느라
쓸데없이 힘을 빼지 말고
내가 할 수 있는 것에 집중해서
온 마음과 힘을 다하는 거다.

더 이상 힘 빼지 마요

사람을 미워하는 데 힘 빼지 말자.
누군가를 미워하는 마음을 품고 살기엔
당신은 생각보다 훨씬 괜찮은 사람이다.
미움을 품고, 자신을 가두기에는
사랑으로 감싸줘야 할 사람들이 세상에 참 많다.

당신은 당신이 생각하는 것보다
훨씬 더 괜찮은 사람이다.
지금보다도 더 멋진 인생을 살고
멋진 사람들을 만날 자격 있다.
그러니 누굴 미워하는 마음에
자신을 더 이상 가두지 말았으면 좋겠다.
이제는 과거의 상처로부터
자신을 자유롭게 해방시켜 주자.

입만 살았네

행동은 전혀 그렇지 않은데
입만 산 사람.
귀는 닫아 놓고선
목에 핏대 세우는 사람.

목이 아파서라도
그만하고 싶지 않을까?

관계

울고불고 시도 때도 없이 전화하던 사람도
안부 전화 한번 하기 민망한 사이가 되더라.
반가운 목소리로 "잘 지냈어?"라고 묻자
우리가 언제부터 그리 가까운 사이였냐고
되묻는 듯한 쌀쌀한 반응이 되돌아올 땐
그동안 그를 좋게 여긴 내 진심이 민망해지더라.

그래도 한때 뜨거웠던 초심이 있었고
그 순간은 진심이었을 텐데
사람의 마음과 관계란 건 시간이
어느 정도 지나봐야 아는 것 같다.
어른이 될수록 깨달은 게 있다면
세상에서 가장 지키기 힘든 건
'내 생각, 내 마음'이란 것이다.

일에 있어서 '초심, 열심, 뒷심'이 있듯
관계에서는 '초심, 진심, 중심'이 있다.

순간의 반짝하는 초심과 진심보다도
중요한 건 그 사람 마음의 '중심'이다.
중심이 잡히지 않은 초심과 진심은
시간이 지날수록 흐려지게 된다.
일도 마찬가지다.

열심은 열정을 뜻하고, 뒷심은 끈기와 인내를 뜻한다.
열정도 인내도 중심이 잡혀 있지 않으면 결국 공허하다.

어제 다르고 오늘 다른 게 사람의 마음이고
그 마음과 생각을 지키는 게 참 힘들다.

어차피 떠날 사람

꼭 지금이 아니어도 어차피
떠날 사람은 떠나게 되어 있다.
한쪽의 노력으로 조금 연장될 순 있어도
그런 인연을 끝까지 끌고 가진 말자.

항상 더 퍼주고, 더 잘해주고, 더 손해보고
더 배려한 성숙한 사람이 상처받는다.
상대는 그 사람이 자기를 위해 얼마나 노력했는지
'하나도' 모른다.
배려한 사람이 해준 것을 하나하나 얘기하기 시작하면
혼자서 '별난 사람'이 된다.

성숙한 사람은 자기와 비슷하게
성숙한 상대를 만나는 게 현명한 것 같다.
그게 아니라면 상대가 성숙할 때까지
그저 기다려주는 것이
사랑, 우정의 범위인 것 같다.

노답

자기가 무엇을 잘못했는지
모르는 사람을 설득하지 말자.
정말로 모르든, 모른 척을 하든
중요한 건 그 사람은 아니란 거다.

자기 안에 이미 답을 정해둔 사람을
설득할 수는 없다.
보고 싶은 것만 보고
믿고 싶은 것만 믿으니까.

그릇이 안 되는 사람에게는 준다 해도
받아들이지 못하고
고마움도 모른다.

나한테서 신경 꺼주세요

내가 내 인생을 살겠다는데
간섭하고 참견하는 사람들이
왜 이리도 많은지… 책임도
내가 질 테니 제발 나한테서
신경을 꺼줬으면 좋겠다.

내 인생 결정권을 타인에게 양보해선 안 된다.
책임 또한 내가 지는 것이다.
그래서 죽이 되든 밥이 되든
인생은 마이 웨이(My Way)라는 말을 한다.
그저 나는 내 길을 믿으며 가는 것이다.

하기 싫으면 싫다고 해

하기 싫을 땐 하기 싫다고
처음부터 확실하게 말하자.
침묵과 애매한 동의는 결국
서로를 피곤하게 만든다.

애매한 Yes보단 확실한 No가 배려다.

부탁은 말 그대로 부탁

부탁은 말 그대로 부탁이다.
그것을 들어줄지 말지는
부탁받은 나의 선택이고 권리다.
내가 거절한다고 해서 죄책감을
가질 필요는 전혀 없는 것이다.

부탁을 받으면 못하면 못한다고 말해야 하는데
거절 못하는 사람들이 있다.
나도 정이 많은 사람이라 있는 것 없는 것 털어서라도
아낌없이 주는 스타일이다.
어떤 일을 부탁받으면 거절하고 싶은데
그걸 거절 못해서 혼자 집에 와서 후회하며
부탁받은 일을 했다.
내가 할 일을 잘 못하고, 부탁받은 일도 애매하게 돼서
"안 되면 안 된다고 말하지 그랬냐?"라는 말도 듣곤 했다.

그때 깨달았다. 도와주는 것도 지혜롭게 해야 한다는 것을.

고맙다는 말 들으려고 하는 것은 아니지만
내가 그 일을 도와주는 게 당연한 게 아니라
부탁한 상대가 고마워하는 게 당연한 거다.

반대로, 내가 그걸 도와주면 상대가 감사한 거고
안 도와주면 그는 다른 사람에게 부탁하면 되는 것이지.
그 사람이 해야 할 일 때문에
내 삶이 흔들릴 이유는 없다.
거절했다고 서운해하는 것은 그 사람의 영역이다.

내 삶을 지키는 범위 내에서
내가 할 수 있는 것까지만 도와주는 게 지혜로운 것이다.

내가 할 수 있는 선을 지키는 것이 겸손이고
내가 할 수 없는 것까지 하려고 설치는 건 교만이다.
내가 충분히 할 수 있는데 안 하는 것은 인색한 것이다.
나는 내가 할 수 있는 선을 지키면 되는 것이다.

참고만 하세요

결국 선택도 내가 하고
책임도 내가 져야 되지.
남이 대신 져주지 않는다.
남의 말은 참고만 하되
절대 휘둘리지는 말아야 한다.

결국은 내 문제, 내 일이다. 내가 안 하면 누가 하리….
그리고 누굴 원망하리.
내가 그리 잘난 사람은 아니지만 적어도
내가 내린 선택에 후회를 해도
남 탓으로 돌리는 짓은 안 한다.

구분 좀 합시다

때와 장소를 가릴 줄 모르고
그냥 자기 기분대로 할 말 다하는
사람들은 당당한 것과 생각이
없는 걸 구분할 줄 모르더라.

개념도 없고, 눈치도 없고, 나서야 할 때와
잠잠해야 할 때를 모르는 사람은
여러 사람을 피곤하게 만드는 재주가 있다.
근데 참 신기한 건 정작 본인은
자기가 문제인 줄 전혀 모른다는 점이다.

친한 것, 개념이 없는 건 달라

친한 것, 편한 것이랑
개념이 없는 것을
구분 못하는 사람이 많다.

친하지도 않은데 농담을 막 쏟아내는 사람들이 있다.
그걸 유머라고 착각하는 듯한데
친하지도 않은데 던지는 농담들은
상대가 인신공격으로 받아들일 수 있다.
상대의 웃음이 당신이 재미있어서가 아니라
그 상황에서 인상 쓰면 분위기 이상해지니까
애써 웃어준다고 생각해보길 바란다.

다 잡으면 안 돼

힘들어봐야 … 무엇이 소중한지
아는 법이고, 깨달을 수 있다.
힘들 땐 마음을 다잡아야지,
아무거나 다 잡아서는 안 된다.

요구하는 최선, 할 수 있는 최선

내가 할 수 있는 최선과
요구하는 최선이 다르면
서로가 힘들어진다.

'부탁'이 '요구'로 바뀔 때
부탁받은 사람은 도와주는 입장에서 호구로 바뀌기 시작한다.
1을 요구해서 내가 1을 해줬으면 그것으로 끝나야 하는데
신기하게도 그 이상의 2를 '당연히' 요구한다.
인간의 시간, 비용, 체력은 한계가 정해져 있는데
헌신을 강요할 때 그것은 더 이상
'헌신'이 아니라 '부담'이 된다.

만약 내가 들 수 있는 무게로 20kg이 한계인데
난 이미 15kg을 들고 있다. 그런데 상대방이
자기 짐을 나눠 들어줄 수 없겠냐며 부탁해왔을 때
내 입장에서 5kg을 들어주는 것도 엄청난 배려다.
결국 5kg을 대신 들어주니까

자기가 들고 있던 짐을 더 주려고 한다.

내가 "저는 이 무게 이상은 못 듭니다"라고 했더니

"그럼 너의 짐을 줄여서 내 짐을 더 들어라"라는

어처구니없는 말을 한다.

내가 그건 못하겠다고 하니까

"그 정도도 못해주냐? 네가 평소에 힘을 길러났어야지.

내가 가진 짐이 너의 짐보다 더 중요하다.

너의 짐은 꼭 필요하지 않은 게 많지 않냐"라고 한다.

그리고 억지로 자기 짐을 내 어깨 위로 올려두고

쓰러질 것 같은 내게 한다는 말이 "힘내"란다.

내 짐이 중요한지 안 중요한지는 내가 결정할 영역이다.

자기 짐을 대신 나눠 들어 달라는 걸

당연하게 요구하는 사람들이 있다.

부탁을 들어주고 말고는 나의 권리다.

거부할 권리를 빼앗기지 말자.

열등감, 자존감의 출처

'열등감'은 남과의 비교에서 비롯되고
'자존감'은 이미 나인 것에서 비롯된다.
우리가 정말로 비교해야 할 것은
'나와 상대방'의 차이가 아닌, '어제의 나'와
'오늘의 나'를 반성하고 고민해야 한다.

Part.6

굳이 안 해도 된다

"안 괜찮아"라고 말할 수 있는 용기

누가 지금 나한테
"많이 힘들었지?"라고 물어보면
나도 모르게 눈물 날 것 같다.
예전에는 너무 힘들 때, 누가 괜찮냐고 물어보면
"괜찮다"라고 대답하며 아무렇지 않은 척
태연한 척, 강한 척하려 애썼지만…
안 괜찮을 때, 있는 모습 그대로 "안 괜찮다"라고
말하는게 더 큰 용기가 필요함을 깨달았다.
뭐가 그리도 겁났던 걸까?
'약함'은 부끄러운 게 아니다.
'센 척'하는 게 더 없어 보일 뿐….

덜 소중한 걸 포기할 수 있는 용기

'포기'에도 '용기'가 필요하다.
더 소중한 것을 위해서
덜 소중한 것을 포기하는 사람은
'용기 있는 사람'이다.

당당하게 맞서세요.
잃을 것도, 눈치 볼 것도 없으니까.
인생은 한 번뿐이니까…

우리의 인생은 짧아 보이지만
정말로 좋아하는 일과 한 사람에게 미치기엔
한 번이면 충분하다.
리셋 버튼을 생각지 말고
지금 처한 매 순간에 감사하며
눈앞에 있는 그 사람에게 최선을 다하자.

나비도 비올 땐 쉰다

요즘, 어디 조용한 곳으로
여행 가고 싶다는 생각이 든다.
좀 쉬고 싶네… 내가 많이
지쳤나 보다. 쉬고 싶다.

나비도 비에 날개가 젖으면
귀찮아서가 아니라 살기 위해
비가 그칠 때까지는 비행을 멈추듯
잠시 멈출 줄 아는 것도 필요하다.

태양도 밤은 달에게 양보한다

오늘따라 너무 지치고 힘든데
어디 하나 기댈 곳이 없어서
침대에 뻗어버렸다. 덩그러니….
천장을 바라보며 생각하다 잠드는 밤.

24시간 항상 밝은 태양도
12시간은 어둠에게 자리를
양보해준다.
항상 밝아야 할 필요는 없다.

결말이 꼭 겨울일 필요는 없다

봄을 먼저 보낸 사람은
다가올 추운 겨울이 두렵겠지만
혹독한 겨울을 먼저 보낸 사람은
따뜻한 봄의 햇살을 기대한다.

지금 당신의 인생이 겨울과 같다면
그곳이 시작점으로 여기고
봄을 기대하며 다시 시작하면 된다.

일과 일상 사이에서

분주함과 바쁨에 속아
진정 소중한 걸 잊지 말자.
내 바쁨과 열심의 이유가
소중한걸 지키기 위한 목적이라면
더더욱 소중한 것에 우선순위를 두자.

잘살고 있는 사람

내가 정말 잘하고 있는 걸까.

그런 생각이 든다.
항상 불안한 사람이 많을 것이다.
내가 지금 잘하고 있는 건지
똑바로 잘 가고 있는 건지
혹시 또 넘어지지 않을지
실수하고, 상처받는 건 아닐지….

정말로 '잘살고 있는 사람'은 누굴까?
바로 '지금 내가 잘살고 있는 걸까'를 고민하는 당신이다.

일 중독자, 일 벌레, 일 노예

예전에는 무언가를 안 하면 뭐라도 해야 할 것 같고
내가 지금 인생을 허비하고 있는 게 아닌지
도태되는 건 아닌지, 이래서 내가 원하는 삶을 살 수 있을지
스스로를 더 몰아붙이며 목표 지향적인 삶을 살았다.

그런데 어느 순간 내 가슴속에는 큰 구멍이 난 것처럼
공허한 마음이 자리 잡았다.
마치 연료통에서 기름이 자꾸 새듯이
무언가 중요한 걸 잊어버린 느낌.
정말로 이렇게 살아야만 하는 건지 의심되었다.
항상 바쁘게 지내며 뭔가 이룬 것 같긴 한데
정작 결과를 보면 '열매'는 별로 없을 때가 정말 많았다.

그때 이런 생각이 들었다.
'열심히 씨를 뿌리는 것도 중요하지만
아스팔트 위에 뿌리면 헛수고일 뿐이다.'
내가 얼마나 바쁘게 움직이고, 얼마나 '활동'하느냐.

내가 정말로 행복을 누리느냐, 내가 얼마나 '성취'하느냐.
이 둘은 전혀 다르다는 것이었다.

나중에 얼마든지 할 수 있는 일을 하느라
지금이 아니면 할 수 없는 일을 계속 미루기도 했다.
그래서 지금은 가장 중요한 일을 먼저 하려고 노력한다.

기억하자. 당신이 정말 '열심히'는 사는데
정작 행복하지는 않다면
'지금 하고 있는 일'을 점검해보아야 한다.
지금 하고 있는 일이 정말로 중요한지
지금이 아니면 할 수 없는 일인지
그게 실제로 열매가 있는지, 삽질하고 있는 건 아닌지.

그냥 불안해서 몸이라도 바쁘게 움직이는 건지 알아야 한다.
이 생각을 하지 않으면 결국 예전의 내가 그랬듯이
당신도 뼈 빠지게 고생은 고생대로 하고
일은 일대로 안 되고, 옆에 사람도 없을 것이다.

행복하려고 일하지 말고, 행복하게 일하자.
행복은 '목표'가 아니라 '과정'이어야 한다.

일만 하느라 자신을 잃지 말 것

하루하루 일하며 지치고
또 다짐하기를 반복하더니
어느새 한 해가 또 끝나가네…
정말 열심히 살았는데
열심히만 살긴 싫은데….

일은 못하면 다시 하면 된다.
부족하다 싶으면 배워서 하면 그만이다.
하지만, 자신을 잃으면
다시 하기란 쉽지 않은 일이다.
돈 주고 배울 수도, 그렇다고 배운다고 해서
바로 적용할 순 없을 테니까.
무엇보다도 '자신'을 잃지 말아야 한다.

자기 비난 버리기

항상 좋은 일만 일어날 순 없겠지만 때로는
"안 되도 너무 안 되네…"라는 생각이 들 때가 있다.
그 순간만큼 사람이 외롭고, 힘들 때가 또 없거든….

친구가 힘들다고 말하면 밥 한 끼 먹으며
"힘내, 넌 할 수 있어"라고 격려해주면서
정작 내가 힘들면 "내가 그렇지 뭐…"라고
스스로에게 실망하고 몰아붙이곤 한다.
남을 격려하기 전에 먼저 나를 격려하자.
힘든 세상 속에서 포기하지 않고
오늘도 수고한 내게 이야기하자.
"수고했어, 오늘도."

자기 연민 버리기

"열심히 했다면 그걸로 된 거지."
"최선을 다했다면 그걸로 된 거지."
"도전했다는 것 자체가 멋진 거지."

다들 내게 그리 위로를 건네더라도
기분도, 상황도 여전히 좋지 않다.

내가 나 자신을 소중히 여기지 않고
내가 하는 일과 내 인생을 사랑하지 않고
내가 나를 오히려 불쌍하게 생각한다면
나는 어떤 일도, 어떤 사람도 사랑할 수 없다.

젊어서 하는 고생, 굳이 안 사도 된다

배울 게 있는 고생은 '경험'이지만
배울 게 없는 고생은 말 그대로
그냥 개고생이다.

스스로가 지금 잘하고 있는 건지 고민될 때는
잠깐 멈추고, 곰곰이 잘 생각해보자.
내가 너무 열심히 해서 '지쳐서' 그런 건지
아무것도 '안 해서' 그냥 불안한 건지.

경험과 낭비를 분별할 줄 알아야 한다.
나쁜 경험도 경험이란 말에 속아
소중한 젊음을 더 이상 빼앗기지 말자.
그건 경험이 아니라 낭비다.
정말로 중요하고, 해야 할 일만 하더라도
인생은 짧다.

부끄러워할 걸 부끄러워해야지

아픔을 부끄러워 말자.
모든 살아 있는 것들은 아픔을 느끼니.
아프다면 살아 있다는 것이고
많이 아프다면 그만큼 잘살고 있다는 것이니.
아픔이 아닌, '아무렇지 않음'을 부끄러워하길.

못하는 게 잘못이 아니라
아예 안 하는 게 잘못이고
안 하는 것보다 더 큰 문제는
할 마음 자체가 없는 것이다.

제일은 아니어도 유일하니까

사는 게 정말 전쟁 같다.
한고비 넘겼다 싶으면 곧바로
생각지도 못한 일들이 터지고….
쉬운 일이 하나도 없다.

하지만 내가 나를 이끌어야 한다.
제일은 아니어도, 유일한 사람이기 때문에
오늘도 난 소중한 나를 응원해주고 싶다.

나이만 먹었을까

한 해가 지나갈 때마다
나이만 먹고, 무엇 하나 제대로
이룬 건 없는 것 같은데.
시간은 왜 이리도 빠르게 지나가는지 모르겠다.

답답한 상황들이 빨리
지나갔으면 좋겠다고 생각했지만
막상 지나가면 아쉬움이 크다.
하지만 그 상황들을 이겨냈기에
지금의 내가 있다고 생각한다.

약함을 자랑하라

약함을 '인정'하는 순간
더 이상 약한 것이 아니게 되고
약함을 '자랑'하는 순간
오히려 강함 이상의 강함이 된다.

Cider

진짜 사과받을 사람은 따로 있다

남이 나한테 준 상처,
내가 남한테 준 상처는
사과하고 사과받으려 하면서
정작 왜 내가 나 자신한테 준 상처는
스스로에게 사과하려 하지 않나요?

내가 내 인생을 소중히 여기지 않고
내가 나의 내일을 위해 눈물 흘리지 않고서
언제나 남자, 여자 하나 때문에 울고 있다면

여러분 자신에게 사과하세요.
나를 기적으로 여기는
부모님에게 미안해야 할 일입니다.

말만 잘하지 말고, 말도 잘하는 사람이 되길

말은 참 잘해요.
말은 누가 못하겠어요.
입은 변호사예요.
굿이에요, 굿.

말하는 것의
반만이라도
그렇게 살아라.

나에게 관심이 없으면 답도 없다

내가 나에게 관심이 있어야
뭔가 하나라도 달라진다.
관심이 없다면 꿈이고
나발이고 그런 거 없다.
관심이 없으면 답도 없다.
내가 나에게 관심이 있어야
꿈도 자존감도 있는 거다.

있는 거나 잘하자

많은 사람을 만나서
다양한 경험을 쌓는 것과
아무나 막 만나서 시간을
쓰레기통에 갖다 버리는 건 다르다.

젊어서 고생은 사서도 한다지만
일단, 주어진 일이라도
제대로 하는 게 먼저다.
사서 고생할 정도의 그릇이면
진작에 성공한다.

인생 승리

내 실패를 남에게 위로받으려고 하면
평생 위로만 받고 산다.
실패를 통해 배우고 극복하면
누군가를 위로하는 사람이 된다.
위로받는 인생이 될지
위로를 주는 인생이 될지는 내게 달렸다.

나는 실패를 위로로
덮지 않을 것이다.
나는 실패를 통해서
배우고 성장할 것이다.
정신 승리가 아니라
인생 승리할 것이다.

해봤어?

못하는 게 아니라 안 하는 거다.
안 되는 게 아니라 되게 안 해서다.
기적이 아니다. 하니까 된 거다.
안 하니까 안 된 거다. 아무것도
안 했는데 됐다면 그게 기적이다.

생각부터 바꾸기

어떤 사람이 하는 일이 계속 잘되면
'그가 무엇을 어떻게 했기에
그런 성과를 낼 수 있었지'를 생각해보고
나에게도 적용해야 얻는 게 있고
내 삶이 달라진다.
사돈이 땅 산다고 배 아파할 시간에
사돈에게 부동산 투자 노하우를 물어보자.

자기가 하는 일에 가슴이 뛰지 않을 때

'가슴 뛰는 일'이란 건 존재하지 않는다.
열심히 달리면 가슴은 따라서 뛴다.
무언가에 기댄 감정은 결국 식는다.
가슴 뛰는 일이 따로 있는 게 아니라
내가 가슴 뛰도록 사는 게 중요하다.

혼신의 힘을 다하는 게 먼저

혼신의 힘을 다했는데 결국 실패한 사람에게
'괜찮다'라고 하는 것과
그다지 열심히 살지도 않은
나태한 사람에게 '괜찮다'라고 하는 건
전혀 다르다. 하나도 괜찮지 않다.
세상이 얼마나 살벌하고 무서운데.
세상은 그렇게 낭만적이지 않다.

무책임한 말은 달콤해

자기는 피나는 노력 끝에
그 위치에 올라가 성공해놓고
왜 다른 이들은 따뜻하게 위로해주면서
꼭 뭘 해야 하냐, 쉬어라, 열심히 안 살아도 돼,
카르페디엠, 욜로, 힐링을 외치는 걸까.
자기가 데리고 살 것도 아니면서
어떻게 그렇게 무책임한 말을 쉽게 할까.

나를 움직이게 만드는 일

좋아하는 일을 하라고?
내가 좋아하는 일을 하라는 건
어쩌면 위험한 발상인 것 같다.
한때 뜨겁게 사랑했던 사람도
싸늘한 남남이 될 수 있듯이
사람의 감정은 언제든 바뀔 수 있다.
'좋아하는 일'이 문제가 아니라
'무슨 일을 하든지' 내가 나를
좋아하는 게 우선인 것 같다.

나에게 딱 맞는 일이나 좋아하는 일을 찾기보다는
내가 나를 좋아할 만한 이유와
나를 움직이게 만드는 일을
하나씩 찾아간다는 게 맞는 것 같다.

처음부터 딱 맞는 운명적인 인연을 만나
완벽하게 시작했다면 기대와 다른 모습에

하루하루 실망만 커질 것이다.

반대로, 눈앞에 있는 사람을 운명적인 인연처럼 대하면
그 관계는 하루하루 새롭고 더 행복할 거다.

내가 나 자신이게 되는 일을 찾기 위해선
반드시 '시간'이 필요하고
시간을 두고 여러 가지 일을 시도하다 보면
나에게 맞는 몇 가지 일을 찾기 마련이고
그 일을 깊게 파다 보면 점점 그 일이 좋아진다.
아니, 그 일을 깊게 파는 과정에서 깨달음을 얻고
해내는 자신을 보면서 자신이 더 좋아진다.

가슴 뛰는 일을 찾는 게 아니라
열심히 뛰다 보면 가슴은 뛴다.

자기 분수

열심히 살기 싫으면
분수에 맞게 살면 돼.
그렇지만
자기 분수에 안 맞게 살고선
열심히 산 사람들과
똑같은 대접받고
똑같이 누리길 바라는
도둑놈은 되지 말자.

진짜 행동

상상한다고 달라질 건 없다.
상상한 대로 움직여야 바뀐다.

백날 R=VD(생생하게 꿈꾸면 이루어진다, Realization = Vivid Dream)외친다
고 인생은 절대로 안 바뀐다.
한때 유명했던 론다 번의 《시크릿》이란 자기계발서가 있다.

그 책에서 나온 원리대로 행동해서 부자가 된 사람은
론다 번 자신밖에 없다는 우스갯소리도 들었다.

쉽게 가려는 생각은
해서는 안 된다.
그런 게 있지도 않다.

아무것도 하기 싫다면

지금 등 따시고 배가 불러 그렇습니다.

그럴 땐 택배 상하차 아르바이트 하루만 해보세요.

내가 하는 일의 소중함과 현실을 알게 될 겁니다.

조금 살 만하고 몸이 편하면 자연스레 생각이 많아집니다.